カルネアデス
ARNEADES

「見つけた、
『逃げ羽根のイヴ』！」
エル・フラクティア

「う、うう……なんですかぁ」
イヴ

「アタシには不利！
でも、
今はアンタがいる！」

「は、はい！　がんばります！」

ふたりのほうが、あったかい。
悪い夢は、見なかった。
ふたりで、一緒に寝ているのだと。
そう思ったせいかもしれなかった。

カルネアデス
1. 天使警察エルと気弱な悪魔

綾里けいし
イラスト・企画：rurudo

MF文庫J

口絵・本文イラスト●rurudo

プロローグ

ここは匣庭(はこにわ)。

女王はひとり。

やがて、民は知る。

千年の安息が続いた幸福と、幸運を。

＊＊＊

明るい、夜だった。

冴(さ)え冴(ざ)えと、月は白くかがやいている。

そのさまは、まるで闇という黒い湖に浮いた一枚の鏡のようだ。

欠けのない真円は、灯(あか)りのないスラム街をも照らす。ガラクタを組みあわせたかのような木造の家々に、染みわたるかのごとく澄んだ光は広がった。だが、貧しい人間たちに、明るい夜が歓迎されるかといえば、必ずしもそうではない。

月とは魔の象徴だ。

こんな満月の夜には、悪魔が騒ぐ。

その証拠のように、今、路地裏を走る影があった。

うす汚れた身なりの娘が、裸足（はだし）で駆けている。ひび割れた煉瓦（れんが）道を、彼女は息をきらして急いでいた。裂けているスカートが足に絡まってもなお、娘は必死に走り続ける。それには理由があった。死にものぐるいで、彼女は追手から逃げているのだ。

追跡者は人間ではない。蠢（うごめ）く、異形の影であった。

ソレは醜く、ソレは邪悪で、根底から歪（いびつ）な存在だ。

百の獣の顔をもつおぞましい生き物が、娘の後を這（は）っている。狼（おおかみ）や犬の頭部が、不定形の胴体からはいくつも生えていた。ガチガチと顎を鳴らして、獣たちは低く唸（うな）る。無数の足が、ただでさえ荒れた道に爪痕を刻んだ。彼らが残忍な殺意をあらわにするたびに、血のような色をした涎（よだれ）が垂れ落ちる。

ソレに追われながら、娘は哀れな悲鳴をあげた。

「ひぃい、ひいいいいいいいいいいっ！」

『そう……そう……もっと怖がって……くださ……あっ、ちがう。怖がれ！』

なにやら、まぬけな声がひびいた。

一瞬、違和感を覚えて、娘は足を止める。だが、それを咎（とが）めるかのように、獣たちが鳴いた。ギャワン、ギャワン、グルル、ビャン、ビャンと、耳障りで、金属的な声が重なる。

怖がれ、怯えよ、畏怖し、泣けと。

急いで、娘は逃走を再開しようとした。だが、前のめりになりすぎて、転んでしまう。

「……あっ」

荒れた路面に、彼女が叩きつけられそうになった瞬間だった。

獣の体から伸びた影が、サッと娘を支えた。

ふわりとやわらかく、彼女は煉瓦道に降ろされる。倒れることなく、娘は無事に着地した。いったい、なにが起きたのか。ぱちくりとまばたきをして、彼女は思わず後ろを見た。

獣たち——正確には、その中央に隠れたナニカが、ビクッと震えた。

もはや、娘は怖がりなどしなかった。じいっと見つめることで、彼女は目の前の怪異の実態を暴こうとする。それを拒むかのように、獣たちはガチガチと牙を鳴らした。だが、決して、娘を噛もうとはしない。その事実に気がつくと、彼女はますます凝視を続けた。

やがて、獣たちの中央から困ったような声がひびいた。

『えっ、えーっと、怖がって、くれませんか？』

「やだ」

『あの、その、怪我はさせませんので！　どうか存分に怖がってくださ……キャアッ！』

次の瞬間だ。

カッと、清浄な光に黒の獣は照らされた。

満月が悪魔に寄りそう伴侶ならば、太陽はその身を苛む針にも等しい。吸血種よりも、悪魔は陽光から受ける影響は少ない。とはいえ、ここまで激しく晒されれば、話は別だ。小さな悲鳴とともに、邪悪な獣の表面は溶けはじめる。それは粒と化して、霧散した。

あとに残っていたのは——。

「う、うう……なんですかぁ」

可憐な、少女だった。

その目は紫水晶を思わせる神秘的な色をしている。同色の髪はふたつ結びにされ、緩くウェーブを描きながら足下へ流れていた。肌は白くなめらかだ。形のいい胸や尻にきわどく繊細な衣装がよく似合っている。左腕にはなぜか——拘束の意味をなしていない——片方だけの手錠がはめられていた。そして肩甲骨からは悪魔の象徴たる黒い羽が生えている。

美しく、儚いが、過激な格好の少女。

それが百の頭を持つ獣の正体だった。

思わぬ美しくも弱そうな正体に、逃げまどっていた娘はぽかんとした。だが我にかえって拳を振りあげる。獣のフリをしていた少女に、彼女はありったけの文句を言おうとした。

その瞬間だった。

明かりが、カッと強さを増した。

「ひゃううっ！」

「見つけた、『逃げ羽根のイヴ』！」

高らかな声がひびいた。

新たな、誰かの登場だ。

揉めごとの気配を敏感に察したのだろう。スラム街育ちの勘を働かせ、人間の娘はあっという間に逃げて行く。その遠ざかる背中へイヴと呼ばれた少女は弱々しく言葉を投げた。

「あっ……今日のごはん」

「罪もない人間を怖がらせ、その恐怖心から悪魔としての糧を得ようなどと不届き千万！天使の目からは逃れられないと知りなさい！」

「てん、し？」

恐る恐る、イヴは自分を照らす光のほうへと目を向けた。

見れば、白い翼の生えた丸い物体がパタパタと宙に浮かんでいる。それは投光機の役割を果たし、イヴへと聖なる光を投げかけていた。そして二体の球体の中央には、ひとりの少女が立っている。その姿を見て、イヴは思わずぽつりとつぶやいた。

「………きれい」

彼女の目はやわらかな紅色。イヴと似ているふたつ結びの髪は、クリーム色がかった白。

小柄な体は、メリハリこそ控えめだが、人形のように均整がとれている。その身を、少女は白と黒の軽やかな制服で包んでいた。愛らしいが、同時に凛々(りり)しい印象がある。

その頭に、彼女は羽の紋章が描かれた帽子をかぶっていた。

びくっと震えて、イヴは声をあげる。

「け、警察さんですか!?」

「そう、そのとおり。犯罪者としての自覚はありそうでなによりってところかな。覚えておきなさい。アンタを捕まえる天使の名を……アタシはエル」

カッと、投光機の光がふたたび強まった。

手袋をした指で、少女は帽子のツバをかたむける。そしてニッと笑うと誇り高く続けた。

「天使警察エリートのエル！」

かくして物語ははじまった。

すべては月のかがやく夜に。

悪魔にして犯罪者のイヴと、

天使警察、エリートのエル。

ふたりの少女はこうして出会い、
開幕のベルは鳴りひびいたのだ。

第一幕　追いかけっこと因縁のはじまり

「『逃げ羽根のイヴ』――貴族主義かつ好戦的な悪魔たちの棲む区域をなぜか離れ、人間たちのスラム街へと現われた、流れ者」

パチッと、天使警察のエルは指を鳴らした。悪魔のイヴのまやかしを剥ぐために利用した、投光機の光を消す。後には明るい暗闇が広がった。

カツコツと革靴を鳴らしながら、天使は数歩前にでる。じりじりと、悪魔は後ろへさがった。だが、鋭い羽の先が家屋の壁に当たってしまう。彼女は動きを止めた。ハリネズミのように全身に警戒を張り巡らせて、悪魔のイヴは天使警察のエルを見る。

一定の距離を空けたまま、エルは続けた。

「その罪の内容は――『おぞましい姿に変身して人間種族を脅かし、恐怖心を糧とした』、『魂を齧り、人間から生気を奪った』……『ちなみに被害者は元気がありすぎた者ばかりで、事件後はむしろ落ち着いている』、か――ゆえに、まあ、全部軽犯罪」

「そ、そうです。私はなるべく悪いことはしないようにして……」

「ただし！」

まっすぐに、天使のエルは悪魔のイヴを指さした。

ビクッと、イヴは大きく震える。彼女に嗜虐的な笑みを向けながら、エルは続けた。

「軽犯罪も積もれば大罪。しかも、アンタは逃げ足だけは速くて、今までなかなか捕まらないできたじゃない？　しかも、やっとお縄についたかと思えば、脱獄も数回してる」

「だって、天使警察のみなさんは悪魔に厳しすぎて、扱いもひどくて、怖くって……」

「アンタみたいな犯罪者の言うことには聞く耳もたず！　つまり、アタシが言いたいのは、だから、この『エル・フラクティア』が呼ばれたっていうこと。アンタみたいな雑魚の軽犯罪者ごときに、ね」

「そーっ……」

胸に手を押し当て、エルは高らかに天使警察の己を誇る。

その隙にと、『逃げ羽根のイヴ』は離脱を試みた。黒い影に自分の形をとらせて、本体を闇の中へと紛れさせようとする。彼女の動作には、気配も音もともなわなかったはずだ。

だが、即座に、エルは反応した。手品のごとく、彼女は指を鳴らす。虚空から、かがやく拳銃が落下した。それを横殴りに掴みとり、エルは目にも留まらぬ速さで引き金を弾く。

「ひっ！」

「動くな」

『逃げ羽根のイヴ』の鼻先を、銀の銃弾がよぎった。殺す気はない。それでいて、確実に足止めを狙った一撃だった。衝撃に、イヴは凍りつく。否応なく、彼女は思い知った。

今までの悪魔を舐めきっている、高慢なだけの天使警察と、この少女はちがう。

続けて、エルは新たな銃を掴んだ。二丁拳銃をかまえて、彼女は低くささやく。

「アンタの手は知ってる。資料は全部暗記した。同僚たちはサボりすぎで、ロクなまとめがなかったけど。それでも、騙されると思うな」

「い、いやあああああああああああああっ！」

「アタシが来たからには、もう逃がさない！」

『逃げ羽根』と呼ばれる悪魔らしく、イヴは——泣きそうになってはいるものの——諦めずに煉瓦道を蹴った。天使警察エリートらしく、エルはその背中に発砲する。

高らかに、銃声が鳴りひびいた。マズルフラッシュが、十字の形に光る。

こうして、追いかけっこは開始された。

＊＊＊

「ごめんなさい！　ごめんなさい！　許してください！　なんでもしますから！」

「なら、捕まれ！」

「それは無理です！」

「だったら、『なんでもする』なんて言うな！」

イヴの足元に、銃弾が当たる。踊るように、彼女は足を高くあげた。その顎の下にも、射線がとおる。とっさに体を反らせたせいで、イヴは後ろへと転んだ。うす紫色の髪が、リボンのように躍る。ふえええと、イヴは情けなく泣きだした。

その無防備な姿へ、エルは駆け寄ろうとした。同時に低くつぶやく。

「さて、ここからだ」

「『ウーヌス』！」

涙をぬぐいながら、悪魔のイヴは声をあげた。

瞬間、闇が蠢(うごめ)いた。邪悪な渦の中から、痩身の黒犬が踊りあがる。その胸元には、うすく肋骨(ろっこつ)が浮かんでいた。だが、肉は硬く、全身が鋼のように鍛えられていることがわかる。

獣の登場にも、天使警察のエルは動揺を見せなかった。

彼女は、事前に情報を仕入れている。『逃げ羽根のイヴ』本人は戦闘力をほぼもたない。だが、代わりに使い魔の召喚に長(た)けているのだ。挑発するように、エルは嗤(わら)った。

「さあ、来なさい！」

痩身の犬は、細長い口を開いた。

バネのごとく煉瓦道を蹴り、獣は上空からエルを狙う。高みに、おぞましい姿が躍った。

だが、エルは足を運ぶ速度を緩めはしなかった。むしろ前のめりに走って、一気に姿勢をさげた。跳躍した犬の体の下を、エルは駆けぬける。そのまま、銃口だけを上に向けた。

ガァンッと、発砲音がひびいた。

胴体に着弾――『ウーヌス』は霧散(むさん)する。

そのあいだにも――召喚主である――イヴは場を離れようとしていた。だが、迫る天使の姿を見て、足を止める。いやいやをするように首を横に振って、イヴは声をあげた。

「『ドゥオ』、『トリア』、『クァットゥオル』！」

「計算どおり！」

三体の出現。

圧倒的不利に対して、エルはそう言ってのけた。

長毛の狼（おおかみ）――ドゥオ、巨躯（きょく）の犬――トリア、小型の犬――クァットゥオルが駆ける。

小型の犬が跳ねる軌道にあわせ、エルは迷うことなくしなやかに足を振るった。腹にヒット。ギャワンッと声をあげて、小型の犬の体が飛ぶ。それは長毛の狼の腹にぶつかった。

二体が転がると同時に、エルは跳躍した。

後方へ回転。白髪がきれいな弧を描く。背後から迫っていた巨躯の鼻面へと彼女はカカトを埋（うず）めた。衝撃に犬がぐらりと揺れた瞬間、腹部へ発砲――霧散（むさん）させる。そうして踵（きびす）を返すと、エルはイヴの追跡へもどった。まだもがいていた二匹にも、途中で弾丸を当てる。

『ドゥオ』と『クァットゥオル』も霧と消えた。

一連の様子を見て、イヴは叫んだ。

「嘘（うそ）！　これでもまだダメなんですか！」

「当然！　アタシ相手じゃね！」

「ううっ、『クィーンクェ』、『セクス』、『セプテム』、『オクトー』！」

今度は四体。

だが、天使警察エリートとして、エルは余裕の笑みを崩さない。

ここまでの使い魔については、比較的真面目な同僚の資料に載っていたのだ。つまり、過去にも遭遇した者がいる。その同僚は四体を相手にしきれず、イヴを逃した。だが、そいつが怪我もしないで帰ってこられた程度の相手など、エルの敵のわけがない。

「まずは『クィーンクェ』！」

銃口を向け、エルは宣言する。

名指しされた紅毛の狼は迎え討つかのごとく、果敢に足を止めた。瞬間、エルは二丁拳銃を別の方向へと向けた。紅毛の補助に回ろうとした、『セクス』と『セプテム』を撃つ。

悲鳴すらあげる間もなく、二体は霧散した。

ぎょっとした、『クィーンクェ』を、エルはその隙に仕留める。

逃げようと走っていたイヴは、足を止めた。戦況を目にして、彼女は叫んだ。

「そんな、ズルいですよ！」

「戦闘にズルいも卑怯も反則もない！」

応えながら、天使警察のエルは腕を振るった。

そこに、灰色の巨大な犬、『オクトー』が跳んだ。

血色の涎を垂らしながら、ソレはガパリと顎を開く。エルの間近に、犬歯の光る巨大な口が迫った。だが、彼女は避けない。むしろ進んで、その半ばまで腕を突き入れ——噛まれる寸前に、引き金を弾いた。

内部から、腹を銀の銃弾で貫通されて『オクトー』は霧と化す。

妨害を片付けて、エルはイヴを追った。

イヴは今は閉められている酒屋の前にいた。建物の側面には樽が置かれ、改装用の煉瓦も積まれている。あまり飛ぶには適していない羽を動かして、イヴはぴょんぴょんと跳んだ。転びそうになりながらも、建材へ乗る。そのまま、彼女は屋根の上へと逃げていった。

トントンッと高く跳躍し、エルも後に続く。

「捕まるのはいやですーっ！」

「逃がすか！」

ふたりは高みにでた。

屋根の上では、さらに月が冴え冴えとかがやいて見える。

白く澄んだ光を浴びながら、イヴは——悪魔らしさを過剰に意識しているものか——不自然に面積の少ない衣装に包んだ体を震わせた。きめ細やかな、——多くが剥きだしにされている——柔肌が美しくかがやく。その前に、エルは天使警察の制服姿で堂々と立った。

だが、捕縛するにはまだ距離がある。肩をすくめて、エルは天使の傲慢さで告げた。

「さっ、見せてみなさい。雑魚の限界」

「ううっ……『ノウェム』！」

資料にはない、九体目だ。

ついに、ここまで追いつめた。

その事実に、エルはうすく笑う。だが、同時に紅い目を細めた。

『ノウェム』はただの使い魔ではなかった。

牛よりも大きな胴体を持つ、三つ首の魔獣だ。その目の中では魔の炎が黒く燃えている。

そこまではいい。だが、無骨な背中には、白い羽が生えていた。白は善だ。邪悪と遠い色。

普通、こんな魔獣を、悪魔は呼ばない。

違和感を覚え、エルは小さくつぶやいた。

「聖と邪の混合属性の魔獣？　イヴ、アンタ、何者？」

「この子は私もめったに呼ばないんです！　だ、だから怪我をする前に逃げてください」

「ハッ、冗談！」

天使警察エリートに、この程度で退く選択肢はない。躍るように、エルは駆けだす。

『ノウェム』は吠えた。キュワアアアアアッという異質な声が、空気を震わせる。その前脚が振るわれた。まだ、安全地帯のはずだ。だが、勘に従って、エルは横へ跳躍した。

鋭い衝撃波が、数秒前まで彼女のいた地点の屋根を切り裂く。逃げなければズタズタにされていたことだろう。今までの獣たちと、ソレは身に纏う殺意の質が異なった。どうやらイヴの不安そうな表情を見るかぎり、『ノウェム』の完全な制御はできていないらしい。

次の衝撃波がくる前に、エルは黒い胴体に銃撃を浴びせた。だが、反応はない。

「……効いていない。外皮の硬度は予想以上か。散弾でも無理そう……ならば」

「わ、わかりましたか？　『ノウェム』は強いんです。硬いんです。だから、どうか逃げてください！　早く！　痛いことになったら大変ですから！」

「超えるまで！」

言いきり、エルは高く屋根を蹴った。瞬間、彼女の背中に清浄な光が集まった。

銀に近い無数の糸が——元からある羽を包みこみながら——美しくも完成された形を編みあげていく。それは武器とは異なる、有機的な二枚の存在を構築した。バサッと、エルの背後に純白が広がる。

翼で、エルは空へ浮かんだ。

天使の姿が、月光を浴びる。

その様を目に映して、イヴは思わずといったふうにつぶやいた。

「…………きれい」

「『女王の御名（みな）は誰も知らず』」

そのあいだにも、エルは聖句を唱える。

同時に、彼女は猛烈な速さで脳内で情報を整理していた。前回のスラム街の一斉検挙時に、違法薬物の売買に使われていた建物はいくつかが空き家となっている。『ノウェム』が乗っているのも、そのうちの一軒だ。中に、人はいない。巻き添えの心配は不要だった。

ゆえに、エルは聖句を唱え続ける。

「『なれど、我はその席に請い願う。幸あれかし、幸あれかし、幸あれかし』」

「……えっ、あ、あれ？　なに、を」

エルのてのひらの中で、銃は溶け消えた。やわらかな光の塊と化し、それは飴細工のように形を変えていく。あとには嘘のように、天使には不釣りあいな無骨な筒型が残った。

肩打ち型の迫撃砲だ。

反動にそなえて、エルは羽に力をこめた。同時に聖句を終える。

「『汝の罪に、祝福あれ！』」

瞬間、迫撃砲が放たれた。

それは『ノウェム』の胴に着弾し、炸裂する。十字の光が柱のように立った。衝撃波が辺りの瓦を浮かせる。屋根は一部が破損した。大穴が開き、パラパラと塵や木片が落ちる。

あまりの威力にイヴは弱々しく転んだ。バラバラに崩れ、『ノウェム』は霧散していく。

ふっと羽を消し、エルは着地した。深く、彼女は息を吐く。

「はぁ……これで、どう？」

「ううっ、ひどい、です」

すでに、『逃げ羽根』のイヴは立ちあがっていた。

なかなかに根性があると、エルは感心する。

泣きながらも、イヴはまっすぐに彼女を見た。その視線は悪くなかった。ここまでの抵抗を示した者も、真っ向からやりあった者もめったにいない。通常、悪魔とは——一部の真の強者を除いて——もっと卑怯で姑息な手を使うものだ。ふっと、エルはほほ笑む。

ふたりの間に、重い沈黙が落ちた。

はじまりと同じように、悪魔のイヴと天使のエルは向きあう。

白とうす紫の髪が、夜風に静かに踊った。

「………ううっ」

「さあ、もう、アンタとのダンスは終わり」

エルは鋭く告げた。迫撃砲をだすことで、彼女は多くの力を使った。しばらく、銃は編むことができない。だが、大型の魔獣を呼べないのは、イヴも同じだろう。互いに消耗は激しいが、あとは捕らえるだけだ——エルがそう考えたときだった。

「『デケム』」

「っ……十体目！」

舌打ちして、エルは身構えた。銃はない。

だが、勝つ。勝てる。そう、彼女は己を鼓舞した。動揺を、エルは噛み殺す。

瞬く間に、彼女はこれから先の流れを定めた。まずは魔獣の目を破壊する。続けて、それで生まれた死角から首の骨を——だが、エルの前に現れたのは、予想外の存在だった。

ヒヨロヒヨロとした老犬だ。へっへっと、舌までだしている。

うん？　と首をかしげるエルの前で、イヴはその背に乗った。

「えいっ」

「あっ」

ぴゅるるるるるーっと異様な速度で、『デケム』は走っていった。

身構えたまま、エルはそれを見送った。見送らざるをえなかった。

逃走用の魔獣に、足だけで追いつくのは無理だ。

あっという間に、イヴの姿は小さくなり消えていく。

同時に空が白みだした。いつのまにか、月は消えて、稜線（りょうせん）は朝焼けの紫に染まっている。

小鳥が鳴きだした。夜は魔の存在を恐れて眠っていた、人間たちの起きだした気配もする。

そのなごやかな騒ぎの中、エルはぷるぷると震えた。

「逃げ、……逃げ……」

収穫がなかったわけではない。

十体目までの情報を持ち帰れるだけでも意味がある。それに、まだ一回目の遭遇だった。

それでも？

それでも！

「逃げられたあああああああああああ！」

屈辱は屈辱なのだった。

大声にスラム街の鴉たちがバサバサと飛んでいく。
深いため息をついて、エルは肩を落とすのだった。

第二幕　この匣庭の多様なる種族

カツコツと、硬い足音が鳴った。

なめらかな大理石の床と白い漆喰（しっくい）壁、等間隔で飾られたステンドグラスなどがきらびやかな——荘厳さを優先し、機能性を排した造りの建物の中に、不機嫌極まりない足音がひびく。怒りにあわせて、エルのふたつ結びの白髪が踊った。そのかがやきを見て、談笑していた天使警察の面々はそそくさと逃げだす。彼女たちには現在進行形でサボっていることへの後ろめたさがあるのだろう。だが、遠くで、今度はエルの陰口大会がはじまった。わざとらしくも騒々しい、笑い声があがる。

エリートである、エルは短く舌打ちした。

（ほんっと、馬鹿ばっかり！）

スラム街から、エルは本部へ帰還していた。そして、考える。

天使とは基本高慢で、認めたがらないが怠惰でもあった。優雅に生きることこそを種族特権と考えている者すら多い。だが、エルに言わせれば、それはひと言で片付けられる。

とんだ思いあがりだ。

ノブレス・オブリージュ。社会的地位の保持には、必ず、義務がともなう。

いかに高貴たる天使とはいえ、戦わない警察など雑魚にも劣る。

（食って寝るだけなら、誰にでもできる）

エルもまた天使にふさわしい『純然たる傲慢さ』を身につけてはいた。その自覚もある。だが、彼女はこの『天使警察本部』に巣食うほとんどの連中とは違った。毎日気まぐれに他種族の弱者を適当に捕縛し、あとはお茶会やらサロンやらに勤しむ連中とは異なるのだ。

真面目さや勤勉さが仇となって、疎外されようともどうでもいい。そう、エルは惰眠を貪る豚でもなければ菓子をつつきまくるだけの鴉でもないのだ――。

「誰が豚ですって？」

「うん？」

どうやら、口にだしてしまっていたらしい。

刺々しい声をかけられ、エルは顔をあげた。

漆喰壁に刻まれた葡萄柄の見事なレリーフ前に、天使警察の少女たち四名が立っている。どれも淡い――水色の髪に、翠色の髪、金色の髪に、桃色の髪が花のように並んでいた。怒りをふくんだ口調とは正反対にその顔には他者を舐めきった笑みが貼りつけられている。

それが気に食わないと、エルは唇の端をあげた。

「エル、その表情はナニ？　あなた、さすがに身のほど知らずではなくて？」

天使らしく色素のうすい少女たちは、エルがエリートである事実にもかまうことなく、ますます傲慢な目を見せた。コイツらの自信の源はいったいなんだと、エルは記憶を探る。やがて該当の理由に気がついた。確か四名の中のリーダーが上層部の誰かの後継だったか、お気に入りだったかだ。だが、興味がないと、その詳細は以前に記憶から切り捨てている。

　確かなことはひとつだけ。

　コイツらはみんな雑魚だ。

「アタシは、誰かを名指しで豚呼ばわりしたつもりはないけれども？　怠惰を食い散らかしている自覚があるようなら、なにより」

「ふうん、相変わらず、生意気かましてくれるわね。ねぇ、エル？　あくせく働くのは結構だけど、『この私』にその態度はないんじゃないの？」

「『逃げ羽根のイヴ』に逃走されて焦り、広範囲殺傷天使武器を無断借用し、使用——人間に負傷者をだし、挙句の果てに逃げられたアンタたちが——その尻拭いをしてあげてるアタシに対して、逆になにを言うわけ？」

　すぱんと、エルは容赦なく言ってのけた。

　ざわりと、聴衆たちがざわめく。

　先日スラム街で起きた一部天使警察の汚点——それは直後の違法薬物の一斉検挙でうやむやにされたはずだった。その事実を直視している者は、もうエル以外にはいない。だからと言って——反省もしない失敗を——記憶から消してやるつもりは、彼女にはなかった。

　屈辱に震える四人組に対して、エルは鼻を鳴らす。

「天使警察としては言語道断。無様な失態にもほどがある。けど、少しは安心したかな」

「……エル……あなた」

「豚の自覚があるんだから、なによりじゃない？」

「『光よ！』」

相手は叫んだ。天使ごとに使用武器は異なる。高慢な少女は、レイピアを作りあげた。ゆるく、エルは白刃どりのかまえをとる。相手の自信とともに、へし折ってやるつもりだ。ステンドグラスのせいで色づいた空気が、殺気と緊張でひりつく。

すぐにでも、ふたりは動きだそうとした。

だが、次の瞬間だ。

「薔薇入りの紅茶と、クッキー、お待たせいったしましたあああああああ！」

蜂蜜色を帯びた、甘茶色の存在が突っこんできた。

喧嘩相手の少女も、エルも目を丸くする。

嵐のように現れたのは、背が高めの娘だった。天使たちとは異なり、髪や肌は明るい色素を有している。紅茶のような長髪は、光沢を帯びながら腰まで流れていた。目は飴のような黄金色。そして、なによりも特徴的なのは獣の耳と尾が生えていることだ。黒の飾り気のない衣装に身を包み、彼女はコップと紙袋を少女へ押しつける。

そのうえで、ビシッと敬礼をした。

「はい、これでご命令は果たしました！　他に、言いつけはございませんか！」

「ない、けど……ちょっと、獣人のくせに空気を読みなさいよ！　今、私たちはそこの身のほど知らずなうえに下品な、天使警察の面汚しに一撃をね」

「ハッ、やれもしないことをよく言う」

「エル……貴様、いいかげんに」

「すみません、私、獣人なものでして、そういう知恵の必要なことはちょーっと、苦手でして。おお、そしてこりゃまた！　お帰りなさい、エルさん！」

バッと、獣人の少女は両手をあげた。親しく、彼女はエルの肩を掴む。

そしてこっそりとダラダラ冷や汗を流しながら、エルの背中を押した。

「ささっ、行きましょう！　行きましょう！　ちょうど、おやつの時間です」

「ちょっと、ルナ」

「さー、行きましょう、行きましょう。皆さまのほうは紅茶とクッキーを冷めないうちにどうぞ。署内での喧嘩は、私も嫌、皆さまも嫌、規則でも禁止！　でしょ？」

ルナと呼ばれた少女は、笑顔で告げた。

うっと、喧嘩相手の娘は迷った。周りの視線を受けて、彼女はしぶしぶレイピアを消す。

そのあいだにも、ルナはどんどんエルの背中を押した。やめなさいとエルは軽くもがく。

だが、まままま、さぁさぁさぁ、と、ルナに連れられて場を離れた。

出鼻をくじかれ、動けなくなった四人組から、エルは距離を空ける。

遠い廊下の角を曲がると、ルナはほうっと息を吐いた。

「エルさん、ダメですよ……あんなふうに喧嘩を売ったら」

「失態の反省すらしていない相手が悪い」

「そりゃー、あの人たちはダメ天使ですしー、警察としては汚職に捕縛失敗に四人虐待ありで、本当にもう最悪ですけれども、放っておくのが一番ですって。触らぬ阿呆は鳴くだけの阿呆ですから。かまっても無駄！」

きっぱりと、ルナは言いきる。確かにそうだがと、エルはふくれた。

それでも、納得はできない。彼女の顔を眺めて、ルナはニッと笑って続けた。

「それに、それがエルさんのためにもなります！」

「アタシのためになるかは、アタシが決める。それより、ルナ……アンタ、もしかして、使いっ走りどころか、アイツらに無理やり奢らされてないでしょうね？」

売店調達の薔薇入りの紅茶とクッキーについて、エルはたずねた。

獣人の地位は低い。あの四人組が、おとなしく金を払うとは思えなかった。

びくっと、ルナは顔をこわばらせる。彼女はすなおな性質で、不意打ちに弱い。面白いほどにぐるぐると、ルナは目を上下左右に泳がせた。その態度が示す答えはひとつだけだ。

そう、エルは深々とため息をついた。

情けないにもほどがある連中だった。天使警察が獣人相手にたかるとは。

「アイツら……ここにいなさい、ルナ。ぶん殴ってきてやる」

「エルさん、ままままま、ままままま、まままままま」

必死に、ルナはエルをなだめる。

だが、エルは止まらない。格闘技で、彼女に勝てる天使など誰ひとりとしていないのだ。

勝ち負けの問題じゃないですよーと、ルナはエルの服を掴んだ。だが、エルは前へ進もうとする。引きずられながらも、不意に、ルナはハッと顔をひきしめた。これ幸いというかのように、彼女は今になって思いだしたらしい用件を口にする。


「そうでした、署長がお待ちです！」

「アンタ、それを早く言うように！」

白髪を揺らして、エルは慌てて駆けだした。お気をつけてと手を振り、ルナは見送った。

＊＊＊

「この世界は、平等ではない」

それが署長の第一声だった。

天使警察本部は、基本的に装飾過多だ。窓にはステンドグラス、壁には様々な物語性のあるレリーフが彫られ、羽の生えた天使や、マリアヴェールに顔を隠された女王の彫像が点在している。頭上には複雑なシャンデリア。トドメのごとく、食器類は銀製とくる。

そのうえで、囚人の監獄や、配下の獣人用の寮の造りは劣悪だった。

それらの環境のすべては、確かに署長の言葉を象徴している。だが、

「お言葉ですが、シャレーナ署長」

「なんだ？」

「らしくない、宣言のように思いますが？」

エルがそう口にしたのには理由があった。

砂糖菓子めいたこの本部内で、署長室は機能性を保持している貴重な場所だ。部屋の中には執務机と書類棚、革張りの椅子以外は置かれていない。甘ったるい飾りつけたちは、この一室からは排除されていた。それは部屋の主であり、妙齢の天使たるシャレーナが己の特権階級には無関心なことの証明でもある。それでも、彼女はくりかえした。

「確かに、私らしくはないように思えるだろう。だが、天使らしい無邪気な華美さを切り捨ててはいるが、私は誰よりも天使らしい天使を自負してもいる。それは事実で、動かしようはないのだ。この世界は平等ではない。いや、平等であってはならない……我らが秀でた同胞。天使警察、エル・フラクティア」

「はい」

「この世界を匣庭とするならば——中に生きる種族たちのすべてを言えるか？」

「まずは我々天使。敵対関係にある悪魔。配下たる獣人。そして、同盟者である吸血鬼。哀れな人間種……以上、五種族になります」

「そう、そして、各々の命は等価ではない」

高みから、シャレーナは言いきった。

ふむと、エルは眉を微かに動かした。

命の重み自体はどの種族も変わらないものと、彼女は思っている。心臓と魂の重量に大きな差異などない。だが、存在の価値が同じかと言われれば、それはまた別の話であった。

天使とは特権階級だ。エルにもその自覚と自負はある。

彼らは他とは違う。秩序をかかげて残りの四種族を縛り、管轄すべき立場の者たちだ。次に、悪魔。彼らは天使に捕縛される存在だが、好戦的でやはり貴族主義だ。悪魔は悪魔で、己を特権階級と考えており、天使との対立は根深い。彼らの——周りのすべてに噛みつくような——品のない生きざまは、まるで肉食の獣といえよう。

その下につくのが獣人だ。彼らは天使や悪魔に従属しながら生きている。一種の家畜に等しかった。天使や悪魔の手足となることで、獣人たちは安定した糧と寝場所を得ている。

それよりも、哀れなのは人間だ。短命でか弱き種族は、吹かれて散る羽虫にも等しい。だが、最近では一部勢力が、地位の向上を目指し、天使と交流をもちながら動いてもいた。

唯一、明確に別といえるのは吸血鬼だった。彼らは天使とはまた別の特権を誇る。個体数こそ少ないものの吸血鬼は単体で強い力を持っていた。天使が軍ならば、彼らは尖鋭だ。

ゆえに、天使は吸血鬼とだけは不可侵条約を結んでいる。

「そのため、この匣庭ではいくら人間が死のうとも、本来ならばかまうに値しない。だが、我々、天使は秩序を冠に掲げた誇り高き種族……なればこそ、平等であってはならない世界においても羽虫の悲劇へ目を向けなければならない」

「おっしゃるとおりです」

「最近、吸血鬼による犠牲者が看過できる数を超えた」

シャレーナはついに本題を切りだす。

ここ数日のうちに目にした資料を、エルは脳内で閲覧しなおした。

同僚たちの記載はいいかげんで、被害者の所見すらも曖昧だった。だが、頭部切断に内臓破裂、八つ裂きなどの異様な死体の発見については、事実確認ができている。

思わず、エルは目を細めた。吸血鬼、と聞かされれば、自然と思い浮かぶ姿がある。

知りあいの、幼くも高貴な姿が脳裏をよぎった。

それを狙ったかのように、シャレーナは続けた。

「エル……現在抱えている案件に加えて、おまえの知りあいのもとを訪れてほしい。アレは、吸血鬼の中でも特別な地位にいる者だ。そして、忠告を頼む。規律のない時代に流行(はや)ったものと似た無意味な殺戮(さつりく)は、同胞ともどもやめるように、とな」

「……了解しました。まずは、事実確認を」

「ああ、助かる」

シャレーナは告げる。

回りくどかった話は、ようやくそれで終わりらしい。失礼しますと、エルは頭をさげた。

靴底を鳴らして、彼女は踵を返す。だが、背後から、シャレーナの声が追いかけてきた。

「『逃げ羽根のイヴ』は捕まったか？」

エルは足を止める。繊細な絹糸のような白髪を揺らし、彼女は振り返った。

昨夜の屈辱とともに、エルはうすい唇を噛んだ。

「申し訳ありません、まだ……」

「よい。責めているわけではない。だが、完全に身を隠される前に、必ず捕縛するよう」

その指示に対して、エルは首をかしげた。

シャレーナが、たかが軽犯罪の悪魔ごときにそこまでこだわるとは珍しい。なにか理由があるのかと、エルは問おうとする。だが、質問を拒むかのように、シャレーナは続けた。

「この世界は、平等ではない」

だから、悪魔は必ず捕まえろということだろうか？

そう予測し、エルは続きを待つ。だが、今度こそ、話は完全に終わったらしい。シャレーナは横を向いた。ふたたび頭をさげ、エルは部屋を後にしようとする。しかし、扉を閉めるときだ。シャレーナの声がかすかに聞こえた。

「女王の栄光は、我々とだけともにある」

＊＊＊

バサバサと、いく匹もの蝙蝠が飛んだ。

まだ昼だというのに、辺りはうす暗い。

坂道の先、エルの前には岩山が広がっている。そのひとつひとつが尖塔のように鋭く聖堂のごとく重厚にそびえていた。岩たちの影によって一帯は灰色に包まれてしまっている。

「ここでいい……止まって」

山へと続く私有地に入る前に、エルは馬車を降りた。

本部から支給されている回数券を切る。馬も御者も必要としない自走馬車は、二枚を受けとるとくるりと振り向き、荒いくだり道を去って行った。人間の辻馬車に乗れば一枚で済むのだが、しかたがない。なにせ、この山に草食動物は近づけないのだ。ゆえに、目に入る岩山には、馬も鹿も、兎や野鼠のたぐいもいない。棲むのは蝙蝠と、狼と、毒蛇と、魔獣ばかりだ。『彼女』が居をかまえて以来、狐ですら怯えて巣を捨てたという。

「……ったく。相変わらず、来るのに不便で、不吉で、辺鄙な場所」

エルは文句をつぶやいた。そして間近に建つ、岩山に大きくめりこむ館を見あげる。

城のように荘厳で古典的な建物だ。岩で造られた黒い壁面の中央には、見事な薔薇窓がかがやいている。ステンドグラスの色は紅。まるでガラス製の花が咲いているかのようだ。

だが、奇妙にもそれ以外に窓はひとつとしてなかった。館の左右にはふたつの塔。頂点には鐘が座していると聞く。しかし、それが鳴る音をエルは今まで聞いたことがなかった。

「さて、と」

肩をすくめて、エルは館に近づいていく。

その前には、高い柵状の門があった。そこは、開かれている。当然だ。塞ぐ必要などない。なぜならばここは『通ることができない』からだ。

「……それでも、行かせてもらうけど」

小さくつぶやき、エルは両手を開閉した。少し望めば指の間を光が走る。昨夜の疲れからは無事に回復していた。消耗の激しい迫撃砲は無理だが、拳銃くらいならば問題はない。

その事実を確認し、彼女は堂々と門をくぐった。

瞬間、エルは静かに目を閉じた。

なめらかに左手をあげ、パシッと閉じる。

そのてのひらの中に、嘘のようにナイフの柄が収まった。飛来したナイフを、彼女は目にも留まらぬ速さで掴みとったのだ。続いて、エルはコンッと右足のブーツの先端で石畳を叩いた。衝撃で仕込み刃を出現させ、前へ振る。速い蹴りに、金属音が重なった。

槍の穂先と、ブーツの仕込み刃が噛みあう。

「よっ、と」

「やりますね」

いつの間に現れたのか、メイド服姿の少女が槍を突きだしていた。青みがかった灰色の髪に囲まれた顔は、造りものであるかのごとく美しい。銀と蒼の目が宝石のようだ。だが、人形のように、その表情は硬かった。

エルは右足に力をこめた。ギッと強く押しこんだあと、穂先を横に弾く。メイドの槍は押し離せた。だが、エルはわずかにバランスを崩す。その機を逃さず、数本のナイフが左側から飛来した。すでに右手に出現させていた拳銃を向け、エルは的確にそれを撃ち抜く。

銃弾と刃がぶつかり、火花があがった。

あらぬ方向へと、ナイフは飛んでいく。

二方向からの襲撃への動揺もなく、エルは挨拶をした。

「久しぶりじゃない、シアン・フェドリン、エチル・フロール」

返事はない。だが、隠れていた、もうひとり――ナイフの射手――も姿を見せた。こちらは紅みがかった灰色の髪をしている。銀と紅の目が、やはり宝石のように美しい。愛らしい黒のリボンが特徴的だ。その口元には、イタズラ好きそうな笑みがたたえられている。

ふたりのメイドは、よく似ていた。

それでいて、大きく違ってもいる。

片方は退屈そうで、片方は楽しそうだ。片方は冷たい無表情で、片方は温かくほほ笑んでいる。片方はガラスのようで、片方は砂糖菓子のよう。双子のごとく見えるのに正反対。

不思議な印象のメイドたちを前に、エルは低くささやいた。

「アンタたちの主人に用があってね、通してほしいんだけれど？」

「許可はあるのですか？」

「許可は、もっていて？」

歌うように、シアンとエチルは問いかけた。シアンはまじめに、エチルは甘く。

エルは肩をすくめた。細く、彼女は息を吐く。

「ない……無茶言わないで。アンタたちときたら、事前に連絡する手段がないんだもの」

「ならば、諦めなさい。この門を踏む者は」

「許可なくば、死骸になると知りなさいね」

シアンが槍を構える。エチルは数本のナイフの柄を指に挟んだ。

門の警備が、このふたりの役目だ。

だからといって、話が通じないにもほどがある。

呆れたように、エルは首を横に振った。だが、文句を口にすることはなく、先ほど左手で受け止めたナイフをただ放した。くるくると回りながら、それは落ちていく。

石畳の隙間に、ナイフはトスッと突き刺さった。

瞬間、エルは左手にも拳銃を掴んだ。ふたつの銃口を、それぞれのメイドへと向ける。

同時に、メイドたちも動いた。ふたりは、二方向からの多重攻撃をしかけようとする。

だが――――、

「もういいわ。やめなさい、シアン、エチル」

鈴を鳴らすような声がひびいた。可憐で、涼やかで、小さいのに堂々としている——美しくも、絶対的な——命令者の声音だ。とたん、メイドたちは嘘のように戦闘を停止した。

「ご主人さま」

「お嬢さま」

シアンは敬意をもって、エチルは愛着をもって呼ぶ。腹部に手を押し当てて、ふたりは姿勢を正した。それから、やわらかなスカートの裾をつまんで、完璧なお辞儀を披露する。

迷いなく、エルも銃口をさげた。そして、声の主へと視線を向ける。

「アンタねぇ、毎回メイドに襲わせるのやめてくれる？　時間の無駄」

「なにを言うの。無駄な時間こそ楽しいもの。そうでしょう？」

詩でもつむぐかのように、幼い少女が応えた。

白銀の髪に血のような紅い目をした、背の低い子供だ。だが、黒くうすく高価な生地のドレスに飾られた体からは、百年と、千年と時を重ねた者だけがもつ高貴さが発せられている。外見とは矛盾した雰囲気がひどく不吉だった。そして背中には白くしなやかな羽が生えている。手にした日傘をくるりと回して、少女は指先にまとわせた鎖を鳴らした。

その先に繋がれた者を見て、エルは言った。

「アンタも大変ね、ハツネ」

「うるさい。おまえ、私にはかまうな」

明るい桃色髪の少女が応えた。そちらは背が高く――怪我(けが)をしているのか――体のあちこちに、ガーゼや包帯をつけている。白いワンピースに包まれた姿は儚(はかな)い。だが、翠(みどり)の目には同情を拒む、頑(かたく)なな棘(とげ)があった。痛々しい姿で、ハツネと呼ばれた娘はそっぽを向く。その首輪に繋(つな)がる鎖を引いて、幼くも高貴な少女は笑った。


「それで、エル。このノアになんの用かしら？」


邪悪なる吸血鬼、ノア。

高貴たる吸血姫、ノア。

彼女こそ、エルの知りあいの吸血鬼であった。

＊＊＊

「たくさんの、たくさんの死骸(しがい)……知っているわ」

「ってことは、やっぱりアンタたちがやったの？」

全面に刺繍(ししゅう)がほどこされた、尋常ではなく座り心地のいいソファーの上にて――エルはたずねた。そこへシアンが紅茶を運んでくる。黒光りする机に薔薇柄のカップとソーサーが置かれた。エルのものはジャム入りで、ノアのものは血液入りだ。

　紅い飲みものをとろりとかたむけて、ノアはささやく。

「そこには、吸血鬼への偏見があるのではなくて？　あんな下品なただの死体を、ノアたちが作るとでも？　あなたも死にたい？　そうなのかしら？」

「アンタとお仲間に限ってはそうでしょうよ。でも、下等吸血鬼の暴走の可能性はある……アタシはそう見ているけど？」

「それはある。賢いといえるわね、エルは……頭のいい子は好きよ。賢しくてかわいい」

　ゆるりと、ノアはほほ笑んだ。音もなく、彼女はカップをソーサーにもどす。

　タイミングよく、今度はエチルが砂糖で飾られた、薔薇形のカップケーキを運んできた。自分のものをノアはフォークで割る。どろりと紅が流れだした。それも血入りなのだろう。

　食欲を失いながら、エルは応えた。

「やめてよね、怖い」

「ハツネよりは下だから安心して」

　カップケーキを切りとりながら、ノアは笑った。

　エルは客間の奥を見る。金の狼の毛皮の上に横たわりながら、ハッネは退屈そうに足をぶらぶらと遊ばせていた。まるで、儚さと退廃と、諦念の象徴だ。その細い首には、鎖つきの革製の首輪がはめられている。吸血姫のペットは、今日も包帯だらけで飼われていた。

　思わず、エルはつぶやいた。

「アンタ、本当にハツネが好きね？」

「かわいいペットだもの。それに美味(おい)しいし、齧(かじ)りがいがあるから」

「ハツネに同情する」

「うっさい。だから、私にかまうな！」

　鋭い声がひびいた。不機嫌に言い放って、ハツネはごろりとエルに背を向ける。その様は、ペットというよりもワガママな令嬢のようだ。客人への非礼に対して、ノアが指を鳴らした。エチルがいい笑顔で飛んでいくと、ハツネをガチョウの羽根でくすぐりはじめる。

　やめそれひゃめ、あははっ、ははっとうるさい笑い声がひびく中、エルは話をもどした。

「で、結局、下等吸血鬼の線はあるの？」

「ない」

「ない？」

「ノアは貧しき者も、弱き者も、愚かな者も、吸血鬼のみんなはちゃんと監視している」

　姫は言いきった。エルは口の端をあげる。吸血鬼とは孤立を好む種族だ。そんな同胞たちの動向を漏れなく把握できているのは、それだけこの少女が強者であることの証(あかし)だった。

　優雅に、気だるげに、ノアはささやく。

「誰も彼もが静か。今、くりかえされている殺人は別」

「犯人は？」

「そこまでは知らない……でも、そうね。お土産くらいはあげましょうか」

カップケーキを、ノアは上品に食べ進めた。最後のひと切れで、皿に零（こぼ）れた鮮やかな紅（あか）をぬぐう。エルは辛抱強く言葉を待った。ふたたび紅茶をかたむけたあと、ノアは続ける。

「たとえば、そう、ね……あなた、スラム街の担当になったそうじゃない？」

「なんで知ってるわけ？」

「さあ……耳も目もたくさんあるから」

なんでもないことのように、ノアは応える。

思わず、エルは舌打ちした。吸血姫は、弱き同胞たちと獣や蝙蝠（こうもり）たちから情報を得ている。天使警察にはない特技だ。足で稼ぐエルからすれば、うらやましいにもほどがあった。

その複雑な感情にはかまうことなく、ノアは涼やかに続けた。

「あそこは特に危ない。注意するべき……そろそろ、大きく動きそうな、波にも似た気配が闇の中にあるから」

「具体的には？」

「それはまだ誰にも見えていない」

だから答えられないと、ノアは小さく首を横に振った。

この吸血姫とて、万能なわけではないのだ。口元を押さえて、エルは考えこむ。

「……スラム街、か」

確かに人間の被害者は貧民ばかりだった。同胞の報告書には犯行現場の情報すら欠けていたが、犠牲者はあの一帯から多くでている可能性が高い。注意を払う必要はあるだろう。

続けて、エルは目を細めた。

うす紫の瞳と、乙女のリボンのような長い髪が頭に浮かぶ。

イヴはスラム街を根城にしていた。

あそこは今、危険なのではないか。

「ねぇ、エル？」

（……だからナニよ、アタシ）

「なに？」

「あなた、幸せ？」

「はぁっ？」

急に問われて、エルは面食らった。やわらかな紅色の目を、彼女は訝しげに細める。

だが、ノアはすぐに首を横に振った。彼女は言葉をすり替える。

「違う。適切に聞き直しましょうか……あなた、今、楽しい？」

「楽しいわけないじゃない。相変わらず、みんな馬鹿ばっかり」

「そう。でも、少し前の戦いは楽しそうだった」

チッと、エルは舌打ちした。スラム街に棲む、鴉の目で見られたのだろう。だが、エルは標的に逃げられたのだ。楽しいわけがない。そう続けかけて、彼女は言葉をとめた。

こっちを、涙目で見つめる姿を思いだす。白い月光の下、全力で手札をぶつけあったあと、ふたりは真剣に向かいあった。まるで、ともに激しいダンスでも踊ったかのように。

泣き虫なくせに、『逃げ羽根のイヴ』には根性があった。

あそこまで全力でやりあったのは久しぶりな気がする。

そう言われれば、確かに。

楽しく、なくはなかった。

「楽しいのは続くといい。ノアはそう思うの」

「つまり、なにが言いたいわけ？」

「さあ、それを考えるのは、エルのほう」

「……帰る。情報、ありがとう」

ぶっきらぼうに、エルは立ちあがった。

同時に、笑い声が途絶える。見れば、腹筋をひきつらせて、ハツネは泡を吹いていた。

その頬を、エチルがつついている。ふたりの様子を眺めて、ノアは上機嫌にうなずいた。

ほぼ毎度のこととはいえ、呆れるものがある。肩をすくめて、エルは歩きだそうとした。

しかし、振り返ればシアンがいる。銀と蒼の双眸に見つめられ、エルは視線を返した。

「……なに？」

「カップケーキ、お持ちください」

「どうも」

紅いリボンで飾られた籠を、エルは受けとる。中からは、焼きたての菓子の匂いがした。

優雅に座ったまま、ノアは手を振る。

吸血姫は決して友人なわけではない言葉を続けた。

「――じゃあ、さようなら。元気でね、エル」

あなたが、この門をくぐれる強者であるかぎり、また会いましょう。

第三幕　月下の再会と襲撃

夜闇の中を百の頭をもつ獣が進む。

悲鳴をあげて、人間の娘が逃げる。

そしてカッと、聖なる光が闇を切り裂き――。


「なんで昨日の今日で、アンタは同じことくりかえしてるの!?　馬鹿なの!?」

「だって、お腹が空いたんです。ぺこぺこなんですっ。見逃してくださいー」

天使のエルの罵声に、悪魔のイヴが応える。

とっくの昔に、人間の娘は逃げだしていた。エルはといえば、本部に帰ったあと署長への報告を終え、偵察もかねてスラム街に来たのである。そうしたら、かんたんにイヴが見つかったのだった。普通の低級悪魔ならばともかく、イヴのように間抜けなところのある娘はささいなことで死にかねない。無事な姿を見て、エルは思わず安堵を覚えた。だが、そんな気分になる義理などない。なんだか猛烈に腹がたったので、彼女は拳銃を抜いた。

かくして、今に至る。

「今夜こそ覚悟しろ！」

「助けてくださいー！」

　わあわあと、ふたりは追いかけっこを続けた。定期的にエルは発砲する。イヴは馬鹿だがまだ逃走用の魔獣──足の速い、『デケム』を残しているのだ。油断はできないし、隙も見せられない。イヴに余裕を与えないように気をつけながら、エルは距離を詰めていく。

「見逃してくれたら、感謝しますからぁ！」

「嬉しくない！」

「すっごく感謝しますからぁ！」

「だから、嬉しくない！　あとちょっと……」

　エルの白い手が、イヴのうす紫の髪に届きかける。

　だが、そのときだった。

「…………ううっ」

　声が、聞こえた。

　哀れなうめきが。

「なに、今の？」

「わ、私じゃないですよ！」

　エルとイヴは緊急停止した。ふたりは顔を見あわせる。

　それから、そろった動きで、バッと広場から延びる道へと視線を向けた。

　闇の奥からぺたぺたと音がひびいてくる。裸足で煉瓦を叩いて、ボロ布に体を包んだ人間が姿を見せた。なんだとエルは詰めていた息を吐いた。おそらく物乞いのたぐいだろう。光を見て、なにかをもらえないかとやってきたのだ。

大きく、エルは肩をすくめた。

「残念だけど、食べ物は持ってな……ッ！」

瞬間、彼女は本能的に銃口をあげた。

人間からは鉄錆の匂いがしたのだ。

まちがいない。血の、香りだった。

「…………なに？」

「ぐっ……ああっ」

ガクンッと異様な角度で、相手は顔を撥ねあげた。

痩せた男だ。その額にはいくつもの傷が刻まれている。深く複雑に裂かれて、皮膚はびらびらと揺れながら肉と脂肪を覗かせていた。そこから血があふれ、だらだらと顔の表面を濡らしている。眼球を撫でたあと、ぬめる紅色は口元の皺へと流れこんで溜まっていた。

残酷な事実に、エルは気がついた。これはただの傷ではない。

変異の呪いが、ナイフで刻みつけられているのだ。

「エルさん、危ないです！　さがって！」

「馬鹿、射線上にでるな！」

両腕を広げて、イヴが前にでた。意外性に、エルはまばたきをする。

この機会に逃げればいいだろうに。弱虫なくせに変な悪魔だ。しかも、イヴはなにをやろうとした？　わかってはいるもののエルは混乱した。イヴは彼女をかばおうとしたのだ。天使ですら、エルのことを助けはしないのに。

（なんで、悪魔が？）

そう思いながらも、エルは動いた。戦闘能力のないイヴのことを、彼女は逆に背中へと隠す。そのあいだにも、呪われた人間の体は歪みはじめていた。

額からはさらに血が流れていく。呪いは、紅く発光をはじめた。魔力による輝きが内臓や骨をも蝕んでいく。網目のような模様に、彼は覆われた。痛みにだろう。人間は吼える。

「うっ、あああああああああ、ぎっ、ギッ、GRYYYYYYYYYY」

「くっ」

「わっ」

ぶつんっと、人間の表皮は破れた。一気に、それは弾けるような勢いで剥ける。露わになった筋繊維が、膨張のうえ、変質——表面に鱗が張りはじめた。一部の骨が伸び、尾の形をとる。指先を突き破って、凶悪な爪が生えた。生々しい音とともに、舌が縦に割れる。

エルはイヴを前に出さないようにした。

ひどく弱々しく、イヴは身を震わせる。

やがて、残酷な変貌は終わった。

ふたりの前には——蜥蜴に似た——醜い怪物が立っていた。

＊＊＊

『ギッ、ギィッ、GRYYYYYYYYYYYYYYYYYYYYYYYYYYYY！』

ドスドスと、重い足音をたてながら異形は走り寄ってくる。

ソレは、元人間だ。だが、エルはいっさいの躊躇をしなかった。

蜥蜴の紅い瞳に理性の色はない。慈悲をかけても、こちらが喰われて終わるだけだ。

『ギッ！』

「許せ！」

突きだされた爬虫類の顎の下に、エルは銃口を押し当てた。引き金を弾く。どしゅっと鈍い音がした。弾丸は、蜥蜴の後頭部から抜けた。後ろ向きに、脳漿が噴きだす。闇夜の中へ、血の紅が派手に振り撒かれた。それでも、蜥蜴は動いた。巨大な左手が振るわれる。

銃把で、エルは爪を横から叩いて、一撃を流した。だが、硬さで腕に痺れが走る。

その間にも、蜥蜴は右手を振りおろした。処刑鎌にも似た鋭いかがやきが、エルへ迫る。

「くっ！」

「えいっ！」

びったーんと、横から伸びたナニカが、蜥蜴の体を叩いた。

見れば、イヴの羽だ。そこそこ硬質な打撃を喰らい、蜥蜴はぐらりと倒れる。すでに限界は超えていたらしい。横たわったまま数回痙攣すると、ソレは静かに動かなくなった。広場の煉瓦の上に、粘つく血がどろりと広がる。

ふうと、エルは息を吐いた。彼女はイヴのことを振り向く。うんとうなずき、エルは素直に賛辞を口にすることにした。称賛に値する働きをした者は褒めるのが、彼女の主義だ。

「やるじゃない、アンタ」

「ど、どうも、です」

「に、しても……怪物への不可逆な変異の術だなんて、この人間が望んで自らに刻んだとは思えない。いったい、誰……が」

そこで、エルはしゃべるのを止めた。

耳が、複数の異音をとらえたためだ。

ひたひた、ぺたぺた、カツカツと人間たちが近づいてくる。気がつけばスラム街の貧民に、エルたちのいる広場はとり囲まれていた。男が女が老人が子供が、虚ろに顔をあげる。その額から下は生々しい紅で染められていた。ぽたり、血が垂れる。全員に惨くもおぞましき、変異の呪いが刻まれていた。ぱぁんっと風船が割れるように、その皮膚が弾ける。醜悪な変化がはじまった。

あまりの光景に、イヴは震えながら声をあげる。

「こ、これって」

「今は考えるな！　逃げるしかない！」

「この人たちは、元にはもどせないんですか？」

「解呪の術があるのなら、ひとり目からやってる！」

前のめりに、エルは走りだした。標的は決めてある。

迷うことなく、彼女は子供を狙った。

食欲に染まった蜥蜴の眼球を、二丁拳銃で撃ち抜く。視界を潰されてもなお、小柄な蜥蜴はもがいた。その顔面にエルは蹴りを埋めた。そのまま押し倒すと体の上を駆け抜ける。

ごめんなさいごめんなさいと涙声でくりかえしながら、イヴもついてきた。だが、広場を抜けても新たな蜥蜴が曲がり角から姿を見せた。顎が振られる。細い舌が空気を舐めた。

短く、エルは舌打ちした。まるで、悪夢のようだ。キリがない。

適当なゴミ山を、ふたりは選んだ。エルは汚さに歯噛みし、イヴはずり落ちそうになりながらも昨日と同様に高みへよじ登る。鱗屋根の上に立ち、エルはパンパンと手を払った。

だが、目の前を見て、息を呑んだ。

「……嘘」

「まさか、いるんですか？」

そこにも、ふらりと影が揺れている。痩せた男が振り返った。額は紅く染まっている。

呪いの犠牲者の数に対して、エルは思わずつぶやいた。

「ハッ……どれだけ」

「『ウーヌス』、『ドゥオ』、『トリア』……」

「召喚⁉ 確かに、対抗方法としてはありだけれども……でも、ちょっと待って。どれだけ数を出すつもり……」

「『デケム』！」

あっという間に九体の召喚を終えたあと、イヴは十体目の名を叫んだ。

屋根に乗りきれなかった獣たちが落下する中、黒い霧が渦を巻く。その晴れた後には、痩せた老犬がいた。無害そうな顔で、獣はまぬけに舌をだしている。

ハッと、エルは気がついた。どうやら、イヴの獣は召喚できる順番が決まっているのだ。そして、ようやく出せた逃走用の十体目に乗れば、イヴだけならばここから脱出することができた。また捕縛失敗になるが、しかたない。今宵は緊急事態なのだ。見逃すとしよう。

そこまで、エルが考えたときだった。迷いなく、イヴは声を張りあげた。

「後ろに乗ってください！」

「アンタ……馬鹿？」

思わず、エルはつぶやいた。悪魔が天使を――犯罪者が警察を助けようとするなど愚かにもほどがある。それにイヴにとって優秀で厄介なエルはここで死んだほうが都合がいい。同僚でさえ、秀でた存在は疎むものだ。一番ひどいときなど、エルは茶に毒を盛られたこともある。高い笑い声のひびく中、彼女は自力で這いずって医務室まで移動した。

目障りな者はいなくなったほうがいい。誰もがそう考える。

敵であれば、なおさらだろう。

そのはずが、イヴはまっすぐに白い手をさし伸べた。急げと、彼女はエルを呼ぶ。その紫水晶の目の中には、助けたいのだという真摯な望みだけが、星のようにかがやいていた。

必死に、イヴは続ける。

「エルさん、早く！」

天使ですら、ありえないような純粋さで。

ぐっと、エルは思わず唇を噛(か)んだ。だが、首を縦に振って応える。

「わかった。助かる」

揉(も)めても不利になるだけだ。ここはイヴの力を借りると決断し、エルは即座に動いた。

イヴの手をとって、彼女の後ろへ回る。老犬の背中に乗ると、剥(む)きだしの腰に抱きついた。

くすぐったかったのか、イヴはひゃあっと小さく叫んだ。だが、すぐに前を見つめる。

「『デケム』、走って！　他は追手を止めて！」

凛(りん)と、彼女は指示を飛ばした。屋根に残っていた獣たちは散開する。

ぴゅるるっと、老犬は走りだした。だが、その速度は昨日よりも明らかに遅い。重量オーバーだ。ううっとイヴは泣きそうな声をだした。後方の追手は、残った獣が止めている。

だが、進行方向から蜥蜴(とかげ)が迫った。前方の一匹が腕を振るう。

イヴは目を閉じた。だが、蜥蜴の額には穴が開く。遅れて、血が噴きだした。

エルが撃ったのだ。左右を警戒しながら、彼女は鋭く告げる。

「『デケム』を走らせ続けて。昨日よりは遅いけれども、アタシたちが駆けるよりはずっと速い。これなら包囲を抜けられる」

「はっ、はい、了解です！」

「邪魔するやつは、アタシが撃つ！」

イヴの操縦で、『デケム』は駆ける。前に立つ影の間を、ふたりは縫うように走った。

近づいてくる者に、エルは次々と銃口を向けた。殺害することよりも妨害を意識して、引き金を弾く。すばやく狙いを移しては頭部を射抜き、視界を潰して、怪物の足を止めた。

どれだけの時間が、経ったろうか。

気がつけば、迫りくる影は途絶えていた。街並みも整ったものへと変わっている。規則正しく建てられた家々は、スラム街とは造りが明確に異なった。辺りを見回して、エルは考える。ずいぶんと距離が開いた。ここまでは、敵も来ないだろう。

ふうっとエルは細く息を吐いた。ようやく、彼女は安堵を覚える。

無事、ふたりは包囲網を脱出できたのだ。そこで、イヴは困惑した声をあげた。

「あっ……どこに行きましょうか？　私、元々遠くから来たので、スラム以外の人間の街をあまり知らないんです」

「天使警察本部へ」

「天使警察本部⁉」

エルのひと言に、イヴは怯(おび)えきった声をあげた。そんな愚行、鶏がシチュー鍋に飛びこむようなものだ。犯罪者の悪魔からすれば、恐ろしいにもほどがある提案だろう。

だが、エルはかまわなかった。ごくごく自然な調子で、彼女は鋭く指示を飛ばす。

「なに？　あそこ以上に安全なところはない。緊急事態なんだから、急いで！」

「ううっ、わかりました……エルさんを信じます」

『デケム』は、天使警察本部へと頭を向けた。スラム街からずっと、二人は建物の上を移動している。だが、通常の街は家々が密集していない。隙間を越えるために、高く、獣は屋根を蹴った。風が、エルとイヴの頬(ほお)を撫(な)でる。白とうす紫の髪が、美しく踊った。

まだ円に近い月に、少女たちの影が映る。

犬の背に乗ったふたりは、御伽噺(おとぎばなし)のひと幕のように駆けた。

そうして、本部に到着。

エルはイヴを投獄した。

＊＊＊

「なんでですか!?」

「そりゃ、こうするでしょ」

檻の格子を掴んで、イヴは情けない声をあげる。一方で、エルは肩をすくめた。

フッと、彼女はイヴの泣き顔を鼻で笑う。

「逃走補助には感謝してるけど？　この流れは当然じゃない？　アタシは天使。アンタは悪魔。アタシは警察でアンタは犯罪者。まさか、本気で予想できなかった？」

「いやぁですううう、だしてくださいいいいいいい」

「まあ、軽犯罪ばっかりだからそのうちでられるし」

「それっていつですかぁああああああああ」

「積もりに積もって、五十年くらいだけど」

「長いですよぉおおおおおおおおおおおおおお」

「悪魔にとっては、それほどでもないでしょう？」

「だしてえええええ」

「嫌だ」

やいのやいのと、ふたりは騒ぐ。不毛なやりとりは、いつまでも終わらない。イヴは嘆願をくりかえし、エルは慰めたり、笑ったりした。さしいれくらいはあげるからとのエルの言葉に、イヴは嫌ですぅううと泣く。まあと、エルは思った。イヴは明らかに、他の悪魔の犯罪者とは違う。あとで、減刑の嘆願書を書いてやるのもやぶさかではない。

そう、エルが考えているときだ。不意に、その場へと甘茶色の突風が駆けてきた。

誰かと思えば、ルナだ。

キキーッと、彼女は急停止する。かかとをそろえて、ルナは敬礼した。

「エルさん、お疲れ様です！　署長がお呼びです！」

「わかった。今、行く」

「あっ、それとですね」

「うん？」

なにやら、ルナは言いよどむ。どうしたのかと、エルは目を細めた。己の額に手を添えたまま、ルナは獣の耳をぱたりと倒した。自身も困惑を覚えている口調で、彼女は続ける。

「『逃げ羽根のイヴ』も連れてくるようにとのことです！」

＊＊＊

「……失礼します。イヴを連れてきました」

「ご苦労……ソレが、か」

「ううっ……手錠嫌です」

新たな手錠をはめられてぴいぴいと泣く悪魔に、シャレーナは冷たい視線を投げた。なにかを確かめるかのように、彼女は目を細める。そのあいだも、イヴは幼い子供のように泣き続けた。やがて、シャレーナは不可解そうにつぶやいた。

「……『選ばれる』ようにはとても見えないが」

「シャレーナ署長？」

「ああ、すまない。スラム街での報告は受けた。大変だったな」

シャレーナの労いに、エルは目を細めた。

大変、どころの騒ぎではない。

天使から見れば、人間とは羽虫にすぎない。だが、残酷に潰してもいい存在というわけでは決してなかった。一方で、呪いを刻んだ犯人は、人間のことを怪物の材料としか考えてはいないだろう。低い声で、エルは自身の推測を告げた。

「……残酷性と発生場所を鑑みるに、最近の連続殺人と此度の襲撃はおそらく関係があります。人間の安全のためには、早急な解決が求められるかと」

「うむ……そのためにも、スラム街をよく知る者が必要だ」

真面目かつ重々しい口調で、シャレーナは続けた。

うん？　とエルは首をかしげる。

なんだか、凄く嫌な予感がした。

そこで、シャレーナはふたたびイヴをじっと見つめた。

怯えて、イヴは身を縮める。もしや威嚇なのか、羽もパタパタさせた。効果がないことに気づいたのか、やがて羽ばたきは止められる。だが、ふたたび決意の表情で、イヴは羽をがんばって動かした。ぱた、ぱた……ぱたぱたぱた……ぱたっ、がくりかえされる。

なにやってんのと、エルは呆れた。同様の表情をしながらも、シャレーナは口を開く。

「そこの悪魔は、スラム街の住人だ。天使警察の把握していない通路も、知っていることだろう。便利な道具がある以上、使わない手はあるまい」

「ちょっ、ちょっと待ってください。まさか」

「そのまさかだ。間近での監視の必要もある」

シャレーナは息を吸いこむと、吐いた。

身構えるエルに向けて、彼女は命じる。

「おまえたち、しばらくふたりでバディを組め」

エルは目を見開く。

イヴは言葉を失う。

ふたりは顔を見あわせる。

エルとイヴ。

天使と悪魔。
警察と犯罪者。
戦闘のエリートと逃走のエキスパート。
上司命令のもと、ここに真逆のバディが結成された。

第四幕　バディ爆誕！

白くて甘い、曖昧な夢を見る。
夢とわかっていて、夢を見る。

今は夢の中だから、知らない言葉も流れてくる。

ここはここにわ。じょおうはひとり。やがて、たみはしる。
せんねんのあんそくがつづいたこうふくと、こううんを。

目の前には、美しい誰かが立っている。人か獣人か悪魔か吸血鬼か天使か、どれかはわからない。どれも、違う気がする。この誰かは神聖で、現世を生きる者ではないのだ。

だが、もしかして、それは。
絶対的な孤独ではないのか。

しかし、そう思うことすらもまちがいなのかもしれない。目の前の存在はそれだけ五種族からかけ離れていた。あまりに特異な生き物は、孤独など感じもしないのかもしれない。

不思議で、きれいな、『彼女』は問いかける。

——ねえ、あなたはなにを願うの？

——ねえ、あなたはなにを望むの？

望みはある。

願いはある。

夢がある。

けれども、

「なんで、アンタにそれを教えてやらなくちゃならないのよ」

自分の声でエルは目を覚ました。

なにか、嫌な夢を見た気がする。

具体的には悪いことなどなかったというのに——だからこそ不吉で、奇妙な夢。

だが、その内容の詳細を、エルは覚えていなかった。ただ、『見たくなかったのに』という強烈な後悔にも似た、独特の不快感だけが残っている。

「…………ッ」

頭痛を堪えながら、エルは首を横に振った。

思いだせない以上、悪夢のことなど早急に忘れるにかぎる。囚われるだけ、時間の無駄だ。そう割りきって、天使警察の宿舎のふかふかのベッドで、エルは体を伸ばそうとした。

だが、できなかった。

誰かが、エルに抱きついていたためだ。

「はあっ？」

「むにゃむにゃ」

嘘だろうと言いたくなるほどの、見事な寝言が返る。

ギギッと、エルは首を動かした。まさかのまさかと思ったら、そのまさかだった。

間近で、うす紫色の髪の悪魔が寝ている。

白く、たおやかな腕は、しっかりとエルの体に回されていた。直に、鼓動が聞こえる。

きわどい服装のせいで、すべすべしたお腹や太ももが否応なく触れてくるのが心地いい。

違う、そうではなくて。

この状況は、なんだ？

やがてエルは理解する。

イヴが、彼女を抱き枕にして寝ているのだ。

「はああああああああああああああああ!?」

エルはどでかい疑問の声をあげた。

バサバサと、屋根から鳩が飛んだ。

＊＊＊

「うーん、まだ早いですよぉ」

「『まだ早いですよぉ』じゃなーいっ！」

「それじゃあ、遅いですかぁ？」

「いや、早いけど……じゃなくって、なんで、アンタがアタシのベッドにいるわけ!?」

「だって、寝る場所がなくってですね……」

「監獄か、獣人用の宿舎に行きなさいよ！」

毛を逆だてる猫のごとく、エルはふしゃーっと叫んだ。悪魔と一緒に眠るなど天使としては言語道断だ。絶対にお断りである。だが、目をこすりながら、イヴは眠そうに応えた。

「だって、どこに向かえばいいのかわかりませんでした」

うっと、エルは言葉に詰まった。

そう言えば、イヴをこの部屋まで連れてきたのは他でもない、彼女だった。天使警察本部内の構造など、イヴにはわからなくて当然だ。そうでなくとも廊下には夜勤の天使が——おしゃべりをしながらではあるが——巡回しているのだから、イヴにはエルの部屋から脱出などできなかっただろう。だから、しかたなくベッドに潜りこんだものと思われた。

だが、

「だったら、ソファーか、床で寝なさいよ！」

「床もソファーも寝るところじゃありません」

エルの文句に、イヴはむうっと応える。それは『そこで眠るのが不満だ』というよりも、『行儀が悪いのでよくない』という口調だった。スラム街に棲(す)んでいたくせに、なんでこういうところは変にこだわりが強いのか。思わず、エルは天井を仰ぐ。

（落ち着け、アタシ。えーっと昨日はどうしたんだっけ？）

百合(ゆり)形の照明を眺めながら、彼女は昨夜の記憶を漁(あさ)った。

＊＊＊

「な、なんでですか？　なんで私が悪魔なんかと？」

「これは決定事項だ。逆らうのならば、降格もありうる」

「そ、そんな……」

シャレーナは聞く耳をもってはくれなかった。

抗議も拒否。それでいて納得できるだけの詳細な理由説明もないとくる。

頭を殴られるような勢いで、エルは思い知った。確かに、この署長は天使らしい天使だ。

自分の決断を疑わない生き物だった。横暴にもほどがある。その理不尽な命令に、エルは
屈したくなかった。だが、上には逆らえないのが、組織に属する者の悲しい定めでもある。

最終的に、エルは敗北の言葉を絞りだした。

「了解、しました」

「うむ、それでいい。『逃げ羽根のイヴ』を逃がさず、利用することだ」

「……失礼します」

頭を下げてから、彼女は踵(きびす)を返した。署長室をでて、しっかりと扉を閉める。続けて、
周りにイヴ以外は誰もいないことを確かめた。やわらかな白の髪を揺らして、エルはふら
りと壁に手をつく。そのまま、衝撃と悲しみの強さにぷるぷると打ち震えた。

なにごとかと、驚いたらしい。慌てて、イヴは彼女に問いかけてきた。

「あの……エルさん、大丈夫ですか？」

「アンタは？」

「はい？」

「アンタは嫌じゃないの？」

「嫌です！」

思わぬ、きっぱりとした返事があった。

自分でも予想外なことに、エルはさらなる衝撃を受けた。このなにごとにも怯えきっていて、お人好しの悪魔が勢いよく言いきるとはどういうことか。そこまで嫌われているとは、流石に腑に落ちない。だが、イヴはそういえばそうだったという訴えを続けた。

「騙されて、いきなり牢屋にぶちこまれて、手錠をかけられたのに、そのうえバディを組めだなんて無茶苦茶すぎるでしょう⁉」

「そうだ。アタシがぶちこんではめたんだった、手錠はとる。でも逃げないように……って、あれ？　そう言えば、元からはめられてる左手首の手錠ってなに？　アタシはつけた覚えがないけど？」

「前に捕まったときにはめられてそのままですー」

「あー、こっちは鍵が特別製だ。うーん、とりあえず、そのままつけておくしかない、か」

カチリと、エルは新たにはめたほうの手錠の鍵を回した。銀の輪の拘束を解かれ、イヴは細い手首をさする。そのたびに、残された左手首の手錠がちゃらちゃらと音をたてた。

ふうっとエルは息を吐いた。これから先の指示は受けていない。もうどうでもよかった。受けたショックはそのままに、彼女はふらふらと歩きだす。

すぐにか細い声が追いかけてきた。恐る恐るといった調子で、イヴはエルにたずねる。

「あの、エルさん、私は……その、バディは嫌ですけど！　でも、その、教えていただかないとわかんないです……これから、どうしたらいいんでしょう？」

「組むのは嫌だって言うのなら、必要以上に頼らないで。選択肢はあるから。確かに消えられても困るけど、どうせ玄関の鍵はもう閉じられてるころだし、牢にでももどんなさい」

しっしっと、エルは手を振った。子犬のごとく、イヴは目をうるませる。

それでも、彼女はついてきた。他の天使に怯えた顔を向けながら、イヴは静かに後に続く。どうやら天使警察本部が、悪魔にとって危険な場所であることはわかっているらしい。

あるいは、狭苦しい牢屋にだけはもどりたくないのか。

ふたたび、イヴを鉄格子の向こうへぶちこもうと思えば、できた。だが、エルはそうはしなかった。あそこの固い床で孤独に寝るのは、確かに哀れと言えば哀れだ。イヴがついてきたいのならば好きにすればいい。それよりも、昨日から本当に散々だ。これほどまでの不幸が、重なってたまるものかと思う。夕飯もまだだが、エルは骨の髄まで疲れ果てた。

「アタシは帰るから」

改めてそれだけを告げると、エルは宿舎に向かった。すでに、眠った者が多いのだろう。閉じられた扉を横目に、冷たい静寂で満たされた廊下を進む。部屋にこもった全員が穏かな夢の中にいるのだと思うと、うらやましかった。

そして、彼女は一番奥にある、自分の個室を開いた。

中には造りつけのクローゼットと黒い革張りのソファー、クリーム色のカーペットと百合形の照明、大きな窓が配置してあった。他の天使警察の部屋のように、色とりどりのリボンや大量のクッション、ぬいぐるみなどの無駄な飾りつけは、彼女はほどこしていない。

革靴を脱いで、ボスッとエルはベッドに飛びこんだ。もう、ネグリジェに着替えるのも面倒だ。これだけは厳選に厳選を重ねた上質な羽根布団の中に潜って、彼女は目を閉じる。

そうして、意識が落ちる寸前のことだ。

イヴの困りきった声が聞こえた。

「あのー、私はどこで……」

「ソファーで、寝なさいよ」

速やかに、エルは眠りに落ちた。

そうして、甘い悪夢を見たのだ。

＊＊＊

「って、ソファーで寝なさいってちゃんと言ったじゃない！」

「ベッド以外のところで寝るのは、お行儀が悪いですから！」

「友人の家に行って、ソファーで寝るくらいなら普通あるんじゃないの!?」

「その言い方は、エルさんにも経験がありませんね！」

「うっ……た、確かにそうだけど」

「それに、エルさんはよく知らない人じゃないですか！」

そう、イヴは頬をふくらませた。

流石に、エルはムッとした。確かに、互いのことをよく知らないのは事実だ。真剣に戦い、共に危機から逃げはした。だが、それだけだ。だからといって、ベッドに潜りこまれるいわれなどない。

「あー、そう。でも知らない他人にくっついて、安眠を妨害するのはどうなわけ？」

唇を尖らせて、エルは問いかけた。

「抱き枕にしてしまったのは悪かったです」

「素直に謝るじゃない？」

「でも、エルさんはよく寝てました！」

「悪夢は見たっての！」

「私のせいじゃありません！」

ああでもない、こうでもないと、ふたりは言いあう。腕を組み、エルはイヴの頭からつま先までを眺めた。そのすべすべした肌の感触を思いだす。正直、結構気持ちがよかった。けれども、そんな格好で他人に抱きつくのはどうなのか。注意もこめてエルは文句を言う。

「それにそんなきわどい服装をしたやつに、抱きつかれたくなんてないんだけど！」

「エルさんだって、お腹でてるじゃないですか！」

「っ、そりゃ、天使は軽装を好むけど……アンタほどに危ない格好はしてないから！」

「失礼です！　これは悪魔の正装ですよ！　悪魔はこういう服を着るものだって、あなたはなるべく悪魔らしくしなさいって、お母さんに言われました！」

「えっ、なにそれ？」

「えっ？」

　イヴは目を見開いた。エルは首をかしげる。ベッドに腰かけたまま、彼女は足を組んだ。

ここはいじめないほうがいいだろう。嫌がらせのつもりは一切なく、エルは事実を告げた。

「あー、やっぱり、悪魔らしさを過剰に意識してたってわけか……でも、アンタのきわどい格好、悪魔としてもおかしいんだけど？」

「えええっ！」

　ピシッと、イヴは固まった。まるで、石の彫像と化したかのようだ。

　精神と認識に対して、彼女は強烈な打撃を受けたものらしい。みるみるうちに、うす紫色の目に涙がたまっていく。まるで、その様は紫水晶が濡れていくかのようだ。だが、神秘的な美しさを自ら裏切るかのごとく、イヴはへにゃっと情けなく顔を歪めた。

「どこがおかしいんですかぁ？」

「えっ、えっと、ね。確かに、貴族階級の悪魔は畏怖と退廃の象徴として、きわどいドレスを選ぶ輩も多いけど……アンタみたいな流れ者じゃ、逆に浮くだけ」

「お母さんは嘘はつきませんもん！」

「アタシだって嘘はつかないけど？」

　エルは言いきる。真実を見極めようとするかのようにイヴはキッとエルをにらんだ。やがて結論がでたらしい。エルの言葉は本当だとわかったのか、彼女は情けなく泣きだした。

「うっ……うっ、うっ、ひっく、ひっく」

「うっとうしく泣かない！　はぁ、もぉ」

　がっくりと、エルはうなだれた。だが、こうしていてもはじまらない。お腹はぺこぺこだ。きっと、イヴのほうもそうだろう。朝食を食べれば、少しは元気もでるかもしれない。まだ泣き続けている姿に視線を投げかけて、エルは告げた。

「食事は、ちゃんと悪魔用のを食べさせてあげるから」

「えっ、本当ですか!?　エルさんは魔王さまかなにかですか？」

「……人間で言うところの『聖母さま』と同じ意味で讃えてくれてるのはわかるけど……天使に魔王とはもの凄いムカつく喩えね」

「ああ、嬉しいです……やっと、ご飯が食べられる。実に四日ぶりです」

「アタシの話を聞きなさいって」

　イヴは応えない。両手を祈るように組みあわせて、彼女は目をキラキラさせている。それほどまでに、お腹が空いていたようだ。確かに、四日間の断食はきついだろう。だが、さっきまでの泣き顔はいったいどこへいったのか。

　のんきな様子を見て、エルは額を押さえた。

「……はぁ、今はいいけど。日が暮れたらでかけるから、そのつもりで」

「……出かけるって、どこへですか？」

涙をぬぐって、イヴは問う。

これからの苦労を思って、エルは首を横に振った。だが、上司に決められてしまったのだからしかたがない。エルは無駄な泣き言など吐かない主義だ。腕を組んで彼女は告げる。

「バディとしての初仕事に、よ」

＊＊＊

バディは嫌です！とイヴは訴えた。エルだって嫌なものは嫌だ。だが、署長に命じられた以上はしかたがない。牢の中にもどりたいならいいけどと告げると、イヴは大人しくなった。それでも、ぴぃぴぃと泣き続ける。三度目のため息をつきながら、エルは考えた。空腹の子にはやはり食事が効果的だろう。だが、イヴに天使たちと同席をさせるのは酷だ。

「ちょっと、ここで待ってなさい」

「ううっ、理不尽ばっかりです」

「寝てていいから、大人しくしてるように」

弁当をとりに、エルは食堂へと向かった。

両開きの扉を開くと、四方から囀るような笑い声がひびいた。あの子が。いい気味。聞こえるわよ。そんなささやきが耳を叩く。どうやら、天使と悪魔のバディ成立の噂は広まっているらしい。外見は涼やかに内心ではブチキレながら、エルは奥の厨房へ足を向けた。

「ちょっといいですか、料理長。相談が」

「ああ、シャレーナ署長から聞いてるよ」

大変だねと、初老の天使はうなずいた。天使用と悪魔用——エルは紙袋入りの二種類のサンドウィッチを受けとる。持ち帰ろうと踵を返して、彼女は顔をあげた。あの四人組が食堂の入り口に群れている。くすくすと露骨に笑う姿を見て、エルはなるほどと納得した。

話の伝達が早すぎたのは——上と繋がりがある——アイツらが原因らしい。

「信じられない」

「悪魔と天使よ」

「穢らわしいわね」

「恥で死にたくならないのかしら？」

ありきたりな、悪口が耳を叩く。だが、蠅の羽音のようなものだ。

相手にすることなく、エルは隣を通りすぎようとした。瞬間、サッと、リーダーが足を突きだした。転ばせることを狙ったのだろう。馬鹿馬鹿しくも実に子供じみた嫌がらせだ。

それを見逃してやるほど、エルは寛容ではない。

「よっ、と」

トンッと床を蹴り、彼女は相手の足を勢いをつけて踏んだ。悲鳴があがる。

無視して思いっきり踏みにじってやったあと、エルは満面の笑みを向けた。

「無能よりは恥ずかしくないから」

「『光よ』！」

「エルさあああああん、おはようございまあああああす！　あっ、皆さますみません、ご機嫌うるわしゅう、失礼します！」

毎度のごとく、ルナが嵐のように現れた。風のような勢いで、彼女はエルを連れて駆けだす。半ばエルを抱えながら食堂を抜け、回廊を走りに走って、ルナは足を止めた。

気がつけば、ふたりは中庭にでていた。

近くでは、大輪の花をつけた木々がやわらかな風に揺れている。煉瓦で模様の描かれた通路のうえでは、係の手で撒かれたパンを白鳩がつついていた。和やかな光景を背に、ルナは逃走成功と胸を撫でおろす。次いで、エルへ笑顔を向けた。

「聞きましたよ、エルさん！　よかったじゃないですか！」

「珍しい。アンタまでアタシをからかうとは」

「違います、違いますよ！　私は、単に心からよかったと思っているんです！」

ルナは獣耳と手をパタパタと振った。意味がわからないと、エルは目を細める。昨夜から今までのどこに喜ぶ要素があるというのか。思い返しても理不尽な出来事しかなかった。

だってですねと、ルナは説明を開始する。

「エルさんは凄くいい人なんですけど……そのよさがなかなか伝わっていないんですよ。

特に、駄目な同僚には、エルさんは厳しいじゃないですか？　だからこそ……お世辞にも、天使警察に馴染めているとは言えないですよね？」

「余計なお世話。こっちは毒を盛られたり、ガラス片を仕込まれたりもしてる。そんな豚や鴉みたいな、怠惰で卑怯な連中と友好を築こうなんて、時間の無駄」

「それでもですよ。私は定期的に心配になるんです。なにせ、私は獣人ですから、いつ追いだされたり、誰かの機嫌を本気で損ねて殺されたり……そういうことだって、もしかしなくても、あるかもしれないじゃないですか？」

「ッ、そんなことアタシが決してさせない！」

　制服の胸元に手を押し当て、エルは声をあげた。

　確かに、獣人の地位は低い。そうした不測の事態は、常に起こりえるものと言えた。

　だが、エルにはこのお人好しで親しい少女を、危険な目にあわせる気などなかった。理不尽に暴力を振るう輩がいるのならば倒すまで——だが、エルの本気の言葉に、ルナはただ困ったようにほほ笑んだ。そして、彼女は優しく続けた。

「だから、エルさんに新しい友達ができてよかったなぁって思うんです」

「友達じゃない！」

「だって、バディを組むんでしょ？　せっかくだから仲良しになりましょうよ」

「天使と悪魔が仲良くできるわけがない！」

　鳩が飛ぶほどの声で、エルは断言した。それは自然で、絶対のことだ。

天使は聖で、悪魔は邪だ。ふたつの存在は親しく交わることなどない。

だが、ルナは首を横に振った。穏やかな表情で、彼女はささやく。

「私は、そうは思いません」

青い空に白い羽根の散る中、ルナはほほ笑む。

確信しているかのごとく獣人の少女は続けた。

「あなたは、厳しいけれども優しい。相手がいい子であれば、悪魔とも仲良くできる方だ」

「……もういい。行く。お腹空いてるから」

「あっ、そうですね。長々とすみませんでした」

ぺたりと獣耳を倒し、ルナは頭をさげた。

長い髪を揺らして、エルは彼女に背を向ける。振り向くことなく、ルナから遠ざかった。

衝動のままに足を速めながらも、エルは考える。

確かに、ルナにもしものことがあればエルにはなにが、誰が残るのだろう。もやもやと絡まる不安の中に、悪夢の残滓が浮かびあがってくる。ぱちんと、それは耳元で弾けた。


——ねえ、あなたはなにを願うの？

——ねえ、あなたはなにを望むの？


夢はある。

けれども。

「……それでも、天使と悪魔は」

噛みしめるように、エルはつぶやく。大きく、彼女は首を横に振った。そうして、エルは自室に着いた。勢いよく扉を開ける。一瞬、サンドウィッチの紙袋を放り投げてやろうかと思った。だが、ルナの言葉が耳元をかすめた。一応エルはちゃんと帰還の挨拶をする。

「……ただいま」

「むにゃむにゃ」

やはり、嘘だろうというような寝言が返った。

見れば、イヴはのんきに二度寝をしている。気持ちよさそうに枕を抱きしめて、彼女はすぴすぴと寝息をたてていた。エルのお気に入りのベッドには豪快な量の涎が垂れている。

確かに、寝ていてもいいと告げたのはエルである。

だが、そこまで自由に爆睡しろとは言っていない。

ふるふると、エルは震えた。そして、思いっきり叫んだ。

「やっぱり、仲良くなれるわけがなーい！」

「なっ、なんですか！　世界の終わりですか!?」

「いきなり終焉がくるか、この馬鹿！」

「むっ、馬鹿って言うほうが馬鹿なんです！」

「もっと、ありきたりじゃないことを言ったらどうなの？」

「え？　えーっと、他者を馬鹿にする人は駄目な人だと思います！」

「一理あるけどムカつく！」


どったんばったん、ふたりは騒ぐ。

そうして、暗い夜がくるのだった。

＊＊＊

日が暮れるころ、天気は曇りはじめた。

黒く染まった空にはうすく雲がかかる。

月も星も、網のような灰色に広く覆われた。スラム街の夜には灯りというものがない。

だからといって、投光機を使うのは目立ちすぎた。闇の中に隠れながら、エルとイヴは荒れた地に降り立つ。窓と窓の間を洗濯紐が渡されている通路にて、エルは背筋を伸ばした。

「さて、と……今はまだ安全か」

「うううっ、どきどきします。なんでこんなことに」

「それはこっちのセリフだから……アンタは牢屋行きを免れただけマシでしょ？」

「そんなことありませんよ！　理不尽は嫌ですし、怖いですもの！」

イヴは小声でささやく。きょろきょろと、彼女は辺りを見回した。

曲がりくねった道に、人の姿はない。

もちろん、蜥蜴(とかげ)の姿も、だ。

スラム街にあふれた怪物の排除は、シャレーナ署長が他の天使警察に命じて行わせていた。だが、戦闘の必要はなく、朝が完全にくるとともに、蜥蜴たちは自然崩壊したという。

陽(ひ)の光によって――怪物という存在が受ける負荷に――元は人間だった者たちの肉体は、耐えきれなかったのだ。悲しく、惨(むご)い結末だった。あの怪物たちは、端(はな)から使い捨ての道具にすぎなかったのだ。その事実に対して、エルは胸の奥底に確かな憤怒(ふんぬ)を覚えた。

その後の街の中の探索と、希望した人間の保護も済んでいる。だが、呪いの首謀者はどこにも見つからなかった。それに貧民の多くは、天使警察の手を拒んだという。

高等種族に対しての反発は、スラム街では特に厳しい。高慢な者たちの警告に、彼らは頑(かたく)なに耳を貸そうとはしなかった。ゆえに、近隣住民の多くは避難が済んでいない。

「……つまり、この辺りにはまだ呪いの材料にできる人間がうじゃうじゃいて、犯人もいるかもしれないってことか……やっかいね」

「……あの、犯人は、いるかもしれないというか、いると思います」

おずおずと手をあげて、イヴが発言した。予想外の言葉に、エルは目を細める。

まさか、イヴがしっかりと独自の推測を持っており、しかもそれを伝えようと試みるとは思わなかったのだ。エルの硬い表情を見て、イヴは肩をすくませた。

羽を畳み、彼女はしゅんっと小さくなる。

「でも、あの、違うかも、しれないです、し」

「いいから言って」

「で、でも」

「意見はどんどんだして。アンタが真剣なら、アタシも馬鹿にしない」

「えっ」

「それに、バディは情報共有が重要」

基本をエルは教える。嫌々ではあったが、バディを組んだ以上、エルのほうから関係を壊すつもりはなかった。騙し打ち自体は、彼女は結構平気でする。だが、どんな相手でも、組んだ以上は裏切りたくはなかった。いつも任務中、同胞に離脱されているが、結構辛い。

それに対して、イヴはぱちくりとまばたきをした。ふわりと、彼女は目を細める。

なぜか、イヴは嬉しそうな顔をした。

だが、すぐに、彼女は表情をひきしめた。考え考え、イヴは手を動かしながら語りだす。

「最近、スラム街では猟奇殺人が頻発していました」

「知ってる。警察にも情報は入ってた……それで？」

「それは多分、魔力を高めるための材料を集めたり、呪いを練習したり、蜥蜴化させた人間の威力を試したりするためだったと思うんです」

イヴの言葉に、エルはうなずいた。

猟奇殺人による犠牲者の死にざまが、その証拠だ。

頭部切断は材料集めのあと。内臓破裂は呪いを失敗した結果。八つ裂きは蜥蜴化させた人間を試用した成果だろう。そのため、イヴの意見に異論は覚えない。

エルの反応を見て、彼女は続けた。

「でも、それだけ丁寧に準備して整えてきた戦力を、昨日、敵は私たちに対して大きく使いました……それは、私たちが標的なのか、または天使か悪魔の死体が大規模な呪術の素材として必要なのかの、どちらかだと思うんです」

「……そう。入念な前準備をしている以上、敵の魔力量は無限ではないということ。なのにソレを向けてきたのには目的がある、のは確か……アタシたちをなぜ標的にしたか、か」

「私には心当たりはありません……エルさんには？」

「当然、ない」

「なら、敵は天使と悪魔の死体が欲しいんだと思います」

確かにエルとイヴ、両方に襲われる心当たりがない以上その可能性が高い。

呪いの主は、天使と悪魔の亡骸（なきがら）を欲しているのだ。ふむと、エルは考える。

「それで？　どうして、敵はまだスラム街にいると？」

「はい……敵には天使と悪魔が必要。でも、天使警察は基本は群れで動きます。そして、悪魔はこの辺りにはいません。ならば、手頃なのは私たちだけ。それならば脱走した私が一時帰宅して、天使警察のエルさんが追いかけてくるのを待つ、と思うんです」

なるほどと、エルは納得した。

敵側も標的の情報は仕入れているだろう。調べればすぐにわかることだ。

過去、イヴは天使警察に捕まるたびに脱走をくりかえしている。此度も天使警察本部に囚われたあと即逃げだし、危険性に怯えながらも荷物をとりに戻ってくる可能性は考えられた。そして、エルがそれを追ってくることまでをも、敵は皮算用するだろう。

ならば、今まさに、敵はここにいる確率が高い。

一連のイヴの推測に、エルは感心した。素直に、彼女は賞賛を口にする。

「やるじゃない、アンタ」

「そ、そんな……えへへ」

「おかげで、行くべきところもわかったし」

「えっ……どこ、ですか？」

イヴはきょとんとする。ほぼ、彼女が答えを言ったようなものなのにわからないのか。

そう、エルは逆に驚いた。己の額をとんとんと叩きながら、彼女はヒントを口にする。

「だって、それなら犯人の見張っているところはハッキリしている。そうじゃない？」

「うん？　えっ？」

「『逃げ羽根のイヴ』が荷物をとりに戻るかもしれない場所……アタシたち、天使警察はそこを知らないけど、スラムでアンタを張ってたのなら敵は把握をしている可能性が高い」

「あっ」

「そう」

エルはうなずく。やっとわかったらしいイヴに、彼女は答えを告げた。

「アンタの家」

＊＊＊

「嫌です！　教えたくありません！」

「バディは情報共有が重要」

「今まで、天使警察に何度捕まっても隠し通した、秘密のお家（うち）なんですよ！」

「バディは情報共有が重要」

「エルさん、前に私を騙（だま）したじゃないですか！」

「バディは情報共有が重要」

「うっ…うう」

「重要だから」

ゴリ押しに押して、エルが勝った。トボトボと、イヴは案内に歩きだす。心なしか、肩甲骨から生える羽も下向きだ。その元気のない背中に向けて、エルは明るく声をかけた。

「大丈夫。バディとして教えてもらった情報は、他の天使には言わないから」

「信用できません！」

「本当だって」

「本当、ですか？」

「だって、バディを解散したら、アタシがアンタを捕まえに行くし」

「ふええ」

「他の天使に乱暴かつ余罪までつけられて投獄されるよりマシでしょ？」

「どっちも嫌ですよ！」

泣きながらも、イヴは止まらずに歩いた。店のたぐいのある表に近い通りを越え、貧民宿や互いを押し潰しあっている集合住宅のそばを横ぎって——スラム街の奥の奥まで来る。

ここは行き止まりだ。どうするのかと、エルは首をかしげた。

その前で、イヴはかがみこんだ。彼女は壁の穴に潜りはじめる。

エルは目を丸くした。そこに開いているのは——通れなくはなさそうだが——痩せた人間がぎりぎりくぐれるか否かの、小さな丸でしかない。案の定、羽がひっかかり、イヴは、ああでもない、こうでもないと、体をひねった。それから、猫のごとく器用に抜けた。

エルは後に続く。壁をくぐると清浄な風に頬を撫でられた。思わず、彼女は目を見開く。

夜の中に小さく、愛らしい花畑が広がっていた。

慎ましやかな白色がふわりふわりと揺れている。

エルは腰に手を当てた。小石の転がる地面に立ちながら、彼女は花畑を見つめる。

「へー、こんな場所があったの」

「えへへ、すてきですよね？」

「これは、スラムに精通していないとわからないところだ」

「はい、私もはじめて知ったとき、びっくりしましたから」

素直に、エルはうなずく。この場は効率的ではない違法建築がくりかえされたせいで、意図せずに生まれた空き地らしい。そこに名もなき花々が群生したようだ。

不意に、エルは気がついた。白い海の向こうに、ぼろぼろの小屋がある。ペンキで塗り、可愛らしくしようとしているらしいのが逆に痛々しい建物だ。壁の板張りは粗末で、隙間風もひどそうだった。うっと哀れに思いながらも、エルはたずねる。

「アレが、アンタの家？」

「はい、そうです！　いい家でしょう？」

振り向いて、イヴはどうだと言うように胸を張った。ふたたび、エルはイヴの棲家へと視線を投げる。木板で塞いだだけの窓を、彼女はじっと見つめた。黒く、暗い隙間を睨む。

そして、エルは一度目を閉じ、開いた。

「まあ、好みは人それぞれ……それにしても、アタシを案内してよかったじゃない？」

「えっ？」

イヴは首をかしげた。エルは指を鳴らす。虚空から、彼女はかがやく銃をとりだした。

それを横殴りに掴みとり、エルは引き金を弾く。

銀の弾丸が飛びだし、イヴへと向かった。

「えっ？」

『グア、あああああああああああっ！』

白い頬の真横を弾丸は通過した。彼女の背後から迫っていた蜥蜴が撃ち抜かれて倒れる。

小屋の中に隠れていた怪物たちが、駆け寄ってきたのだ。さらに数匹が飛びだしてくる。

勢いのままに、彼らは扉を破壊した。残骸で花を潰したうえに、容赦なく踏みつけていく。

大切な小屋の惨状を見て、イヴは叫んだ。

「か、勝手に、私の家に入らないでくださいっ！」

「言ってる場合か！　……ビンゴ。いいのがいる」

もうひとつ、エルは銃をとりだした。次々と蜥蜴を撃ちながら、彼女は唇を舐める。

別の怪物が、小屋の背後からのっそりと姿を見せたのだ。

八本の脚をもった、巨大な毒蜘蛛だった。恐らく、敵からすれば『とっておき』だろう。

相手は、ここで確実にイヴを仕留めるつもりだったらしい。

黄と黒に禍々しく光る体をエルは睨んだ。最低、三人は『材料』に使われているものと判断をくだす。そのうえで、これだけ人間からかけ離れた形に変貌を遂げさせているのだ。

遠隔制御は難しい。つまり、

「術師はすぐ近くにいる！」

「そんなこと言っても、怪物もいっぱいいます！」

あわあわと、イヴは叫んだ。

小屋の中からだけではない。街のほうからも壁を乗り越えて、蜥蜴たちが駆けつけつつあった。美しい花弁を散らしながら、おぞましい怪物たちが集まる。

ザッと、エルは視線で撫(な)でて影を数えた。三十には届くだろうか。

被害者たちのことを考えて、エルは唇を噛(か)んだ。だが、すぐに思考を切り替えて告げる。

「アタシには不利！」

「それなら」

「でも、今はアンタがいる！」

「えっ？」

イヴはきょとんとした顔をした。まばたきをくりかえして、彼女は己を指さす。

エルは大きくうなずいた。悪魔の紫水晶のような目に向けて、彼女はたずねる。

「そうでしょう？」

「そっ、そうですけど」

「だから、イヴ、多数戦は任せた」

「そんな⁉」

「背中を預けるって言ってるの！　アタシも命を張るから！」

はっきりと、エルは言いきった。嫌々で組んだバディではある。だが、戦場でともに闘う者は信じるのが礼儀だ。それを拒んで意地を張り続ければ、死はぐっと近くなるだろう。また、エルはイヴの強さを知っていた。そして他者を信じる素直さと、己も危機に陥りながらも天使すら助けようとする気質もわかっている。信頼を、イヴは裏切らないだろう。その事実が、エルには見えていた。愚鈍な同僚たちと、イヴという少女は違う。

悪魔であろうが、後ろを任せるに値した。

数秒、エルは考える。だが、これでいい。判断は正解だ。そう、断言することができた。

イヴは目を見開く。なぜか、彼女は頰（ほお）を赤く染めた。それから、うわずった声をあげる。

「は、はい！　がんばります！」

「上等！　じゃあ、頼んだ」

「『ウーヌス』、『ドゥオ』、『トリア』、『クァットゥオル』！」

謳（うた）うように、イヴは叫んだ。

うなずき、エルはほほ笑む。

即召喚とは正しい判断だ。イヴは馬鹿だが決してまぬけではなかった。やるべきことなすべきことを、彼女はちゃんとわかってくれている。期待通りだった。

これなら、すべてが大丈夫だ。

イヴの実力を信頼して、エルは蜥蜴（とかげ）の群れの中に飛びこんだ。鋭いかぎ爪が振るわれる。

だが、その喉笛に、犬と狼たちが次々と噛みついた。大量の紅色が花弁のように宙を踊る。

そう、イヴの召喚能力は、本来多数戦に有利なのだ。

「ここはよろしく」

蜥蜴と獣の乱戦の隙間を、エルは縫うように駆けた。血飛沫の舞う空間を抜ける。彼女は毒蜘蛛の前へと飛びだした。その全貌を確かめて、エルは吐き捨てるようにつぶやいた。

「……ひどいもんね」

毒蜘蛛の背中には、女体の乳房が、側面には肥満した男の腹が、伸びた脚の節々には老人の鼻や耳が残されていた。生々しい苦悶の声が、体の各部から聞こえてきそうな形状だ。

醜悪さに舌打ちしながらも、エルは二丁拳銃を消した。おそらく、この弾では通らない。

だが、迫撃砲では力を使いすぎる。白い光を指先にまとわせて、彼女は別の武器を編んだ。

「さて……やろう」

『くぃやあああああああああああああああああああぉあぉあ』

奇怪な絶叫をあげて、蜘蛛は毒液を吐いた。粘つく紫色が降り注ぐ。

それをエルは跳んで避けた。飛沫で肌が焼ける。だが、問題ない。動きの阻害にならない程度の負傷など、気にするには値しなかった。得物を手に、エルは蜘蛛の横を走る。

細くも鋭い脚が振るわれた。左に転がったあと、エルは前に跳んだ。

大地を派手に穿ち、蜘蛛は花弁を散らす。右から殴打がきた。前に飛んで、エルは躱す。

上から突き刺すような一撃が落とされた。僅かに後ろに身を反らしたあと、エルは一回転し、次の攻撃も躱した。複雑な動きで、彼女は攻撃を絶え間なく避け続けていく。ジグザグに跳び、時には曲線を描いて、エルは蜘蛛を翻弄した。

やがて、埒があかないと焦れたらしい。ぐっと、蜘蛛は尻に力をこめた。

このときを、エルは待っていた。

蜘蛛とは、糸を吐くものだ。

「イヴ！」

「『クィーンクェ』！」

事前に打ちあわせてはいなかった。だが、意図は通じたらしい。

イヴは己の獣の使い方を知っている。召喚能力に長けているだけはあった。

流石と、エルは片方の拳を握った。召喚されたクィーンクェは跳びあがる。自らを糸に巻きつけて、獣は蜘蛛の必殺の一撃を無効化した。その隙に、エルは蜘蛛へと駆け寄った。

大きくさげられた頭を、彼女は踏みつける。

散弾銃を向けた。

そしてささやく。

「『祝福されよ』」

無数の弾に穿たれ、蜘蛛の頭は根こそぎ吹っ飛んだ。

痙攣しながら、巨体は崩れ落ちる。どろどろと、人の血にも似た紅い液体が零れ落ちた。

もう、ソレは動かない。怪物は短くも歪な生を終える。

だが、エルは蜘蛛の絶命を見届けはしなかった。怪物に守られていた向こう側、空き地の隅へと視線を移す。一角を囲む建物の背中の前に、彼女は予想通りの人物を見つけた。

黒のローブで、全身を覆った術師だ。

歪な貴金属飾りをいくつもぶらさげて、相手は立っている。蜘蛛の敗北を見てとると、敵はじゃらじゃらと音をたてながら逃げようとした。

散弾銃をもったまま、エルは駆け寄った。銃口を向け、叫ぶ。

「天使警察だ！　動くな！　穴だらけになりたいのか！」

「……くっ」

「おまえが一連の呪いの術師……大人しく捕まりなさい。言いわけは署で聞く」

「……女王の」

「なに？」

エルは目を細めた。嫌な予感を覚えて、彼女はふたたび駆けだす。

だが、術師が口元を押さえるほうが早かった。禿頭の大男が、無理になにかを飲みこむ。

エルが組みつき、吐かせようとしたときだ。どろりと、彼は口から大量の紅色をこぼした。

「……なっ」

「女王、の」

溶解した内臓だ。

もう助からない。

「女王の、栄光は、われわれとだけ、ともにある……」

それが、最後の言葉だった。

すべての臓器を吐ききって、

あっけなく術師は息絶えた。

＊＊＊

ゆっくりと、エルは絶命した男を地に横たえた。

苦痛に目を見開いたままの凄惨な死体を、彼女は眺める。もう、彼から様々な情報を聞きだすことはできなかった。天使と悪魔を狙った目的も、動機も、闇に隠されたままとなる。その事実に、エルは軽くいらだった。だが、首を横に振って、小さくつぶやく。

「……『女王の栄光は、我々とだけともにある』か」

犯人の最後の言葉。

それと同じつぶやきを、エルは耳にしていた。

「……シャレーナ署長も言っていた。どういうことなの？」

「エルさん怖かったですよおおお！」

「あー、もー、アンタはー、もーっ！」

どっかーんと抱きつかれ、エルは呆れた声をあげた。

咄嗟の指示に応じてくれたときのように空気を読んでほしいものである。また謎なことに──あれだけ見事に戦ってみせたにもかかわらず──イヴはめちゃくちゃに泣いていた。

紫水晶の瞳から、彼女は大粒の涙を落とす。

「私自身は戦えないですからぁあああ」

「そういえば、そうだった」

「それにエルさんがあんなに怖いのと戦っていましたしいいいいい」

「えっ、アンタ、戦闘中にアタシの心配までしてたの？」

「えっ？」

そこで、イヴは顔を撥ねあげた。きょとんと、彼女は首をかしげる。

ううんとエルは腕を組んだ。イヴは涙どころか、鼻水まで流している。美人が台無しだ。

そんなまぬけな顔のまま、イヴは不思議そうにまばたきをした。

「おかしい、です、か？」

「ううん――おかしいって言えばおかしいんだけど、でも、嬉しい。ありがとう」

さらりと、エルは礼を口にした。己の感情に対して彼女は嘘を吐かない。相手が悪魔でも、死地にいることを案じられる気持ちは悪くはなかった。そう、エルは迷いなく告げる。

なぜか、イヴは真っ赤になった。うす紫色の目を伏せて、彼女はボソボソとつぶやく。

「エルさんって、天使なのに、意外とはっきりと色々なことを言ってくれますよね……私のことを信じて、くれたり……嬉しいとか……お礼とか」

「なに？　悪い？」

「違います！　私はダメな悪魔ですからこういうのはじめて、でして」

しょぼんと、イヴはつぶやく。

瞬間、エルは悟った。

ああ、この悪魔も同じ。

種族の中で、ひとりぼっちだったのか。

「……だから、その、信用してもらえるって、いいなって」

恥ずかしそうに声はついえた。なにやらもごもごつぶやきながら、イヴはもじもじする。

釣られて、エルまで恥ずかしくなってきた。あさっての方向を見ながら、彼女は告げる。

「ま、まあ、バディは信用も重要だし」

「……はい！」

イヴは大きくうなずいた。

なんとなく、エルは手を伸ばした。

目の前の悪魔があまりに無邪気な顔をしていたせいだ。子犬にするように、イヴの頭を撫(な)でてやる。嫌がるかと思いきや、イヴはゴロゴロと喉を鳴らして喜んだ。子供のように素直な娘だなと、エルは思う。十分に撫でまくったあと、彼女は術師の死体に目を向けた。人間だったもの。その無惨な残骸を眺めて、エルは重くささやく。

「それとアンタとアタシのバディ、きっとまだ続くから」

「そう、なんですか？」

「多分、これじゃ終わらない」

険しい表情で、エルは告げた。彼女にはわかっていた。

おそらく、事件は形を変えて続くだろう。そんな、絶対的に嫌な予感がした。過酷な未来を覚悟するかのように、エルは死体を睨(にら)み続ける。そのあいだにも、イヴはなにやら動いた。うん？　とエルは彼女のほうへ視線を向ける。

まっすぐに、イヴはエルへと手を差しだしていた。奇行に対して、エルは首をかしげる。

「なんのつもり？」

「ええっと、理不尽な結成ではありましたけれども、その、バディが続くのでしたら、改めて、握手とかをしたほうがいいのかなぁって……」

ぱちくりと、エルはまばたきをした。彼女はあっけにとられる。

事件は終わっていなくて。

辺りは死体だらけで。

二人は戦闘後で。


そんな中で、これだ。


おかしくなって、エルは思わず吹きだした。そういえば誰かを心の底から信頼して共闘をしたのも、頭を撫でたのもはじめてだった。相手は悪魔なのにおかしいなとエルは思う。けれどもそのすべてに、心は嫌だと言ってはいなかった。どうしたのかと、イヴはあわあわと焦る。それを無視して、エルは好きなだけ笑った。なんだかんだで、彼女は思う。

こういうのも決して、悪くはない。

浮かんだ涙をぬぐって、エルは明るく告げた。

「そう、互いに挨拶はまだだった」

「はい」

「嫌々なはじまりではあったけど、まあよろしく」

「はい、よろしくお願いしますっ！」

天使と悪魔ははじめて互いの手を握る。
純白の花弁が、その周りを舞っていた。

第五幕　女王・疑念・激走

「ふたりともご苦労だったな。天使と悪魔のバディは前例がないというのに見事なものだ」

「はっ」

「はひ」

天使警察本部へ帰還、報告後——シャレーナ署長の前で、エルは敬礼をした。真似(まね)をして、イヴもへろへろと額に手を斜めに添える。まちがえていないか不安なのか、彼女はちらちらとエルのほうをうかがった。だが正解の自信を覚えたのかまっすぐに立つ。

シャレーナは短くうなずいた。ふたたび、彼女は口を開く。

「犯人の自害は残念だが、死体からわかる情報も多々ある。今以上の新たな被害を防げただけ、よしとしよう……もう遅い。今日は休むといい。エル・フラクティアは宿舎に……」

「ひとつ、よろしいでしょうか、シャレーナ署長？」

「なんだ？」

どうしたのかと、シャレーナは眉根を寄せる。

エルは息を吸って、吐いた。これは藪(やぶ)を突(つつ)いて蛇をだす行為かもしれない。あるいは獣の巣を暴こうとするかのようなものだ。つまり、なにが起きるのかわかったものではない。

だが、エルは覚悟を決めた。身構えながらもたずねる。

「呪いの術師が最後に口にしたことについてです」

そう、不可解で謎な、

あの、耳に残る言葉。

「『女王の栄光は、我々とだけともにある』」

「……そう言い残して、犯人は死んだのか？」

「はい……以前に署長のつぶやかれた言葉と同じです。心当たりはございませんか？」

迷いなく、エルは切りこんだ。上に立つ者に対しても、彼女は容赦なく疑心をぶつける。

偶然で、重なる言葉ではなかった。関係がないとは思えない。

だが、シャレーナは予想外な反応をみせた。続くエルの問いかけを、彼女はまともに聞きはしなかったのだ。自身の顔を細い指で撫で、シャレーナは呆然とつぶやく。

「……………やはり、な。【そちら】の関連か。だが、どこの」

「あの、署長？」

「……譲るものか後れをとるものか。決して……ああ、心配するな、エル・フラクティア」

不意に、シャレーナは表情をやわらげた。うす紅色の瞳の表面に、彼女は制服に身を包んだエルの姿を映す。自慢の娘を見るような目をして、シャレーナは語った。

「ふさわしいときがくればおまえには話そう。約束する。私が天使の害となることはない」

「……今は話さないと、そういうことですか？」

「そう思ってくれてかまわない。おまえはもう休め……しかし」

不意に、シャレーナは視線を動かした。彼女は鋭い眼差しをイヴへと注ぐ。

急に注目されてイヴは跳びあがった。やはり威嚇なのか、彼女は羽をパタパタさせる。

その様を見つめながら、シャレーナは厳しく続けた。

「そこの悪魔は置いていけ。聞きたいことがある」

敵の尋問をはじめるかのような、

そんな険しく、鋭い口調だった。

＊＊＊

バタンと、エルは自室の扉を閉めた。

あれから、彼女は半ば無理やり帰らされたのだ。

さらに食いさがることも考えた。だが、今、自分が署長と決定的に揉めては、バディであるイヴの立場も危うくなる。そうと知っていて、無茶はできなかった。

権力に楯突くとき、己以外を巻きこむことはエルの信念に反する。だからといって、イヴを置いてきてもよかったのか。シャレーナ署長にも謎と疑惑がある。しかし、あの場に無理やり残る選択をしたところで、イヴの迷惑になることは変わらなかっただろう。

わからない。なにもかも、わからないことだらけだ。

「あー、もーっ！」

深いため息をついたあと、エルはベッドに飛びこんだ。靴を脱いで蹴り飛ばし、彼女は仰向けになる。焦ってもしかたがない。今は、体力の回復に努めることだ。そう、エルは目を閉じた。時間が経過する。イヴは帰ってこない。なにを聞かれているのか不安になる。

エルは目を開いた。ひとり天井を仰ぎ、彼女はつぶやく。

「いったい、なんなの」

『女王』という単語も、妙に気になっていた。

それは聖句にたびたび出てくる名前であり、天使たちが仰ぎ見る存在だ。

しかし、エルは文献を紐解いたため知っている。彼女の生まれる前のことだが——確か、三百年前くらいまでは——『神様』こそが天使の象徴だったのだ。

だが、信仰対象は変更され、今では『女王』が飾られている。

だというのに『女王』という祝福にも刻まれた存在の詳細を、考えてみればエルは知らなかった。それは、どの本にも載ってはいなかったのだ。つまり、彼女だけではない。

もしかして、天使の誰も知らないのではないだろうか。

それなのに、誰もが曖昧な存在を尊びながら、仰ぎ見ている。考えてみれば、あまりにもおかしく、歪な話だ。また、エルにはもうひとつ気になる言葉があった。

「『ここは匣庭。女王はひとり……』」

やがて、民は知る。

千年の安息が続いた幸福と、幸運を。

確か、夢で聞いた語りだ。エルは紅い目を細める。

「……『女王』、とは」

「……あの、エルさん、ただいまです」

そこで、扉が開かれた。

ひょこっと、イヴが姿を見せる。慌てて、エルは体を起こした。瞬時に、イヴの様子を確認する。心身共に異常はなさそうだ。また、無事にたどり着けるかも心配したが、署長室からここまでの道筋は覚えていたらしかった。食い気味に、エルは応える。

「おかえり！　……って、ここはアタシの部屋で、アンタの家じゃないんだけど？」

気が抜けたら、そんなことがひっかかった。ただいまとは、どういうことか。

エルの言葉に対して、イヴは困ったように羽をぱたつかせた。彼女は小さくふくれる。

「そうですけど、細かなことはいいじゃないですか」

「よくない！」

「『ただいま』と『おかえり』は、あったほうが嬉しいですよ」

エルさんは違うんですか？　とイヴはしょんぼりする。

チッチッチ、とエルは数秒考えこんだ。先ほどの言葉に、彼女が安堵を覚えたのは事実だ。結論をだして、エルはうなずく。そのまま、背中からボスッとベッドへと倒れこんだ。

「一理ある」

「なら……ただいまです！」

「おかえり……で、署長になにを聞かれたの？」

エルにはそれが気になっていた。あのシャレーナが、イヴだけを残した理由が気にかかる。いったい、この悪魔らしからぬ、抜けてはいるが純粋な娘に、なにを聞こうというのだろうか。エルの質問に対して、イヴは首をかしげた。

「うーん、色々わかんないことをたずねられました」

「なにそれ……詳細は？」

「お父さんのこととか、お母さんのこととか、ふたりについての思い出とか……でも、私、実はよく覚えてなくて、ほとんど答えられなかったんです」

悲しそうに、イヴは笑った。そこにはさみしさを越えて諦念へと変わった、長年の孤独が垣間見える。少ない記憶を探るかのように、イヴはうす紫の目を細めた。

「お母さんが優しかったことと、服についての約束くらいしか記憶になくって……本日の一件で、私が天使警察に忠実で嘘はつきそうにないことは確認がとれてもいる。だから、『おまえはもういい』って」

「『おまえは』、ね……ただの『もういい』じゃないわけだ」

低く、エルはつぶやいた。つまり、シャレーナはイヴに——正確には彼女の両親について——なんらかの期待か疑惑をかけていたのだろう。

だが、イヴにはふたりの記憶がなかった。そんなところだろうと推測ができる。

ますます、エルは表情を険しくした。

「やはり、なにが……って、アンタはー、もーっ！　空気を読めーっ！」

「よいしょ、よいしょっと……おやすみなさい」

「しかも、アタシのベッド！」

ふかふかの布団に潜りこみ、イヴはまぶたを閉じた。また堂々と侵入されたことに対して、エルはキレる。今夜こそイヴのほうはソファーで寝かせるつもりだった。だが、ガチョウの羽根がたっぷり詰まった枕に頬ずりすると、イヴは半ば眠りかけながらつぶやいた。

「広いです、から……大丈夫です、よ」

「よくない、降りろ！」

「うにゃむにゃ」

「もういい、アタシが降りる！」

しかたなく、エルは折れた。この、ぐにゃんぐにゃんになった悪魔が、移動をするとは思えない。ソファーに向かうため、エルはベッドから飛び降りようとした。だが、そこで手首を掴まれた。なにごとかと、彼女は振り向く。うとうとしながら、イヴはささやいた。

「一緒に、寝ま、しょう」

「いや、アンタねぇ……天使と悪魔が並んで寝るなんて聞いたことないんだけど」

「ふたりのほうが、あったかい、です」

そこで、イヴは完全に目を閉じた。すぴーっと、彼女は安らかに眠りだす。しかも、エルの細い手首を掴んだままだ。ブンブンと、エルは片腕を振った。カシャカシャと、イヴの左腕にはまったままの手錠が鳴る。だが、イヴは目覚めないし、手を放さない。

はぁっと、エルはため息をついた。ベッドに座って、彼女は窓のほうへと目を向ける。カーテンの隙間からは、濃い暗闇が覗いていた。不意に、エルは小屋の中に蠢く、蜥蜴たちの姿を思いだした。今日、目にした様々な怪物や、術師の無残な死骸が脳裏をよぎる。

ふと、エルは寒々しさを覚えた。同時に、耳の奥で、イヴの言葉がひびく。


ふたりのほうが、あったかい。


「……まっ、一理ある」

それに、部屋の主人である自分が折れるのも癪になってきた。

今日もネグリジェには着替えられそうにはない。だが、まあいいか。そううなずき、エルはイヴに並んで羽根布団の中に入った。そして、イヴの鼻を一度つまんだ。ふみっと奇妙な声をあげて、彼女は嫌がる。それに笑って、エルは目を閉じた。今宵も疲れた。

思い返してみれば、激動の一日だった。急速に、意識は眠りの底へ吸いこまれていく。

温かな暗闇に飲みこまれる前に、エルは一応つぶやいた。

「おやすみなさい、イヴ」

悪い夢は、見なかった。

ふたりで、一緒に寝ているのだと。

そう思ったせいかもしれなかった。

＊＊＊

「やあやあ、あなたが噂のイヴさんですか！　はじめまして。私はルナと言います！　見てのとおりの獣人です。天使警察……特に、エルさんのもとで働いています」

「よ、よろしくお願いします……あ、あの」

「なんです？」

「尻尾、もふもふしたら駄目ですか？」

「どうぞどうぞ、喜んで」

「もふもふ」

「なにしてるの、アンタたち」

女王の像に見下ろされた——天使警察入り口前にて。

青空の下でくりひろげられるやりとりに、エルは思わず口を挟んだ。

イヴはルナのふさふさの尻尾に顔を埋めている。きれいな毛の匂いを吸いこみ、イヴはうっとりとほほ笑んだ。お日さまの匂いがするという。その言葉に、ルナはたはーっと照れた。イヴは幸せそうで、ルナも満更でもなさそうだ。悪魔と獣人のやりとりに通りがかりの天使警察たちはゴミを見るような目を向けてくる——が、平和の象徴的な光景だった。

まあいいけどと思いつつも、エルは続けた。

「緊張感はもちなさい……なにせ、術師は死んでいる。その魔力の残滓は明日にはうすれて、嗅ぎとれないくらいになってしまう。今日までしか追えないんだから」

「大丈夫です！　そこのところは万事、お任せください！」

ピシッと、ルナは敬礼をした。エルはうなずく。

やはり、ルナは頼りになる。

シャレーナから預かってきた小箱を、エルは開けた。中には奇妙な紋様が刻まれた金属片が入っている。樹脂に似た手触りの素材には蛇のような、蜘蛛の巣のような、蔦のような複雑に絡みあったナニカが刻まれていた。見るからに不吉かつ禍々しさが放たれている。

ルナの尻尾を放し、イヴはたずねた。

「あの、それは……」

「さっき説明したでしょ。これは犯人のローブについていた、飾りの金属片。強力なまじないが、バッチリ刻まれている。これをつけたままで、接触した仲間がいれば、魔力の匂いが移っているはず。それを追うの」

「で、このルナの出番なわけです」

そう、ルナは黄金色の片目をつむった。ピンッと誇らしげに、彼女は獣耳をたてる。

イヴは目を丸くした。驚いたように、彼女はルナへたずねる。

「そんなことができるんですか？」

「ええ、魔力に対する嗅覚のよさは、私の特技でして。だから、食堂や支部の下働きではなく、天使警察本部へのおつかえが許されているわけです」

ふわりと、ルナはやわらかな尻尾を振った。

小さく、エルはうなずく。

だから、ルナは本部に常在を許されている唯一の獣人となり――他の天使警察にめちゃくちゃに虐められたのだ。ある天使など、彼女の獣耳を遊びで切り落とそうとした。

天使らしく整ったその顔面に、エルはブーツの底を埋めてやった。

鼻血の噴きだす大騒ぎのあと、ルナは真剣に告げた。『あなたこそが、話に聞いていた、正しい天使さまなのですね』と。『確かに、天使は天使だけど』と、エルは笑った。

そこから、ふたりの縁ははじまっている。

「さてと、それじゃあ、がんばりますね」

エルが懐かしいひと幕を思いだすあいだに、ルナは背筋を伸ばした。

改めて、彼女はうやうやしく箱を受けとる。くんくんと、金属片の匂いを嗅いだ。次の瞬間、ルナは顔をしかめた。汚れた靴下でも離すように、彼女は鼻から金属片を遠ざける。

「うわっ、これはまたひっどい匂いですね！　血を脂の中に入れて、泥を混ぜて腐らせたみたい。あっ、でも、独特だから嗅ぎとりやすくはあるな……もう一回……うぇっ」

「なにかわかった？」

「ふんふん……こっちです、ついてきてください！」

颯爽と、ルナは歩きだした。エルとイヴは後を追う。

移動範囲は広大なようだ。そう、途中から判断し、エルは速度の指示を客がだせるタイプの自走馬車を借りた。回数券を五枚も切る高級車両なのだが、しかたがない。

ルナが空気の匂いを嗅ぐ頻度にあわせて、移動を調整する必要があった。

速度レバーを操作して、ゆっくりその場を回ったり、急いだりしながら、エルたちは色々なところをさまよい続けた。はじめは人間のスラム街にたどり着き、ここでは意味がないと肩を落とした。それから昼食をとって仕切り直し――移り香だと思われる――うすい匂いがするほうへと向かった。

そして。

「えっ、嘘」

「ここ、です、ねぇ」

エルは目を見開く。ルナは頬をかいた。イヴは首をかしげる。

蝙蝠が飛ぶ。紅い薔薇窓がかがやく。

三人は、ノアの館の前に着いていた。

＊＊＊

「アンタたちはここにいなさい。危ないから、下手に動かないように」

エルはルナとイヴに言いつけた。

事情を知っているため、ルナはご武運をと敬礼する。一方で、イヴはますます首をかしげた。彼女にルナが吸血姫についての説明をはじめる。傍から聞けば無茶苦茶な話だった。知り合いだというのに、毎回襲われるとは理不尽にもほどがある。

槍と投げナイフの襲来を覚悟しながら、エルは門をくぐった。周囲に、警戒を張りめぐらせる。だが、本日の攻撃はいつまで待ってもこなかった。意外性に、エルは目を細める。

「う……ん？」

「それでは我らが『始祖』さま、ごきげんよう」

花のように可憐で、氷のように涼やかな声がひびいた。

見ればノアは珍しく外にでていた。今日はハツネは連れていない。

姫らしく優雅なたたずまいで日傘を回し、彼女は手を振った。その両隣で、シアンとエチルも見事なお辞儀を披露する。三人の居並ぶ様は、まるで一枚の絵画のように優美だ。

その見送りを受けて、銀と黒で飾られた豪華な自走馬車が走りだした。エルのことなど

——天使警察ごとき——視界にも入らないというかのように、それは堂々と駆けていく。

馬車が去ると、ノアはエルに気がついた。にこりと、彼女はほほ笑む。

「あら、エル。ちょうど、お客さまだったの」

「『始祖』……吸血鬼のはじまりにして頂点じゃない」

「そう……詳しいのね?」

「それがわざわざ自分から訪れるって……そんなことある?」

エルは固い声をだした。吸血鬼は不老だ。その中でもっとも長く生きる、はじまりの一体——それが『始祖』だった。ただの吸血鬼の前に、『始祖』は影さえも見せない。

その存在がわざわざ足を運ぶとは異常事態といえた。いっそ恐ろしくすらある。

だが、——彼女にとっては特に騒ぐことではないのか——ノアは平然と首をかしげた。

「こうして、お茶会にいらっしゃることもあるのだから、しかたないのではなくって?」

「お茶会? アンタが身分の高い姫だってことは知ってるけど……いったい何者なの?」

思わず、エルは目を細めた。天使警察として、この吸血姫とは長い付きあいになる。

だが、エルが知っているのは『この山沿いにノアが急に館を建て、周辺の下等吸血鬼を当然のごとく配下に置いた』という事実だけだ。

未だに、ノアという姫の素性は謎に包まれている。

エルの真剣な問いかけに対し、ノアはゆるやかにほほ笑んだ。

「さあ、ノアはノアだから」

「アンタねぇ……いつもそうやって」

「あああああああああああああっ！」

不意に、ふたりの背後から大声がひびいた。なにごとかと思えば、ルナだ。獣耳と尻尾をぴーんと立てて、彼女は遠くを――『始祖』の豪奢にして上品な自走馬車を――指さす。

「どうしたの、ルナ？」

「あれ！　あの馬車の屋根に、匂いの持ち主が張りついています！」

「なんですって⁉」

思わず、エルは青ざめた。

馬車には、他でもない『始祖』が乗っているのだ。

天使警察の追跡中に、標的が吸血鬼の頂点に危害を加えるなど最悪の事態だった。

天使と吸血鬼は同盟関係にある。とはいえ――いや、同盟関係にあるからこそ、下手をすれば種族間問題にまで発展しかねなかった。吸血鬼は比較的パワーバランスに無頓着ではある。天使の失態に対して、彼らは無反応かもしれない。だが、悪魔は飛びついて追及してくるだろう。そう考えると、もの凄く頭が痛かった。

エルは慌てる。だが、後ろで、ノアはのんびりとささやいた。

「『始祖』さまは強者。だから、大丈夫だと思うけれども？」

「それでも行くから！」

「ええ、ごきげんよう」

ふわりとノアは白い手を振った。優雅に、メイドたちもお辞儀をする。邪魔はしなくとも加勢をしてくれるつもりもないらしい。その事実に舌打ちしつつ、エルは道をもどった。

早く早くと、ルナは自走馬車を降りて手招きをしている。イヴのほうは乗ったままだ。その隣——御者台(ぎょしゃだい)——にエルは腰を下ろした。そのまま、速度調整のレバーを盛大に倒す。

「最大速度！」

「いやあああああああああああっ！」

急加速に、イヴが叫んだ。白髪を暴れさせながら、エルは前のめりになる。

ギュリギュリッと、自走馬車は猛烈な勢いで車輪を回転させた。遠くを進む『始祖』の馬車に、彼女たちは闘牛のごとく迫る。凄(すさ)まじい集中力で、エルは前方の屋根をにらんだ。

そして、彼女は鋭く声をあげる。

「黒い、ローブ姿……見つけた！　昨日のやつの仲間！」

ルナを置いてきたことに、エルは気づかないのだった。

＊＊＊

「逃がさない！」

　自走馬車を操り、エルは並走させる。だが、『始祖』のほうは速度をだしていない。

　危うく、追い抜きかけてしまった。レバーをもどし、エルは急激な減速をかける。負荷に、馬車の車軸がガタガタと鳴った。イヴは鳴き声にも似た、短い悲鳴をあげる。

「ひぎぐぅっ」

「がまんして！　舌を噛まないように！」

　己も注意しながら、エルは鋭く声をあげた。

　振動がひどい。比較的高級な車両とはいえ、所詮は借用の乗り物だ。無理をさせれば、破損させたうえに事故を起こす危険性がある。それでも、今は無茶をするほかになかった。

「思いどおりにはさせないから！」

　馬車を、エルはさらに減速させる。

　御者台を箱型の車両の隣に並べた。

　立ちあがり、エルは腕を伸ばした。緊急事態だが、失礼にはならない程度の強さで黒色の磨りガラスを叩く。そこで、エルたちのほうの馬車が石を踏んだ。上下に体が跳ね、エルはバランスを崩しかける。だが、イヴに支えられて、ことなきを得た。ありがとうと伝える余裕もなく、エルは窓をじっと見つめる。

　焦れるような遅さで、そこは開かれた。

　中から、貴婦人の仮面をつけた吸血鬼が顔を覗かせる。その唇の形だけでも、相手は

――性別を超えた――身も凍るほどの絶世の美貌を誇っていることがわかった。

高貴な威圧を放ちながら、『始祖』はエルにささやく。

「なんの用か、天使の娘よ。曲芸ならばよそでやるといい。私は銀貨も銅貨も投げはせず、拍手も歓声も与えはしない」

「違うんです。『始祖』殿の馬車に不届き者が張りついています。今すぐ馬車を止め……」

「ああ、羽虫か。ずっとついてきているな」

「知っていたんですか!?」

「潰すだけならば指を鳴らせば済む。だが、汚れた魔力の混ざった血は不快ゆえな。こちらを狙ってはいるものの、噛みついてくるまでは無視でよいかと思っていたのだが」

悠々と、『始祖』は言ってのけた。

文句を述べたい衝動を、エルは必死に飲みこんだ。高等種族はこれだから困るのだ。見事に浮世離れしていて、下等生物には目を向けさえしない。特に孤高の吸血鬼は、他の種族への興味がないに等しかった。それでも今は対処をしてほしいと、エルは頼もうとする。

その前に、『始祖』は物憂げにつぶやいた。

「ふむ……やはり、他の種がかかわるとロクなことがない。ずっと昔からそうだ……考えてみれば、地を移動すること自体が面倒を呼ぶのかもしれんな」

「あ、の！」

「虫退治、ご苦労。あとは任せたぞ、天使の娘よ」

パチリ、と『始祖』は指を鳴らした。瞬間、その体は黒く崩れて、掻き消える。

思わず、エルは言葉をなくした。高位魔術を使用したのか、見えないナニカに変化したのか。ともあれ、『始祖』は馬車から脱出した。これでその身を案じる必要はなくなった。

とはいえ、それでいいかというと。

「どこの上のやつも、ムカつく！」

「エルさん、エルさん。どうするんですか？」

隣から、あわあわと、イヴが問いかけてくる。

極力冷静さを保ちながら、エルは頭を回した。

幸いにも、双方の乗り物は自走馬車だ。速度は一定を保っている。このまま、『始祖』の馬車に乗り移って敵を確保するか――と、エルが考えた瞬間だった。

「えっ？」

「はひっ」

ぐんっと、『始祖』側の自走馬車が急加速した。滑らかかつ猛烈な勢いで、ソレは車輪を回しだす。もしかしてと、『始祖』の自走馬車の御者台（ぎょしゃだい）へ、エルは視線を向けた。

屋根に張りついていた黒ローブの人物が、いつのまにか、そこへ移動をしている。速度調整のレバーを、敵は思いっきり前へと倒していた。『始祖』という標的は消失したのだ。もう、隠れている意味もない。急加速をさせて、逃げきろうというのだろう。

こちらを、舐（な）めているにもほどがある行動だった。

思いっきり、エルは自分のほうのレバーを倒した。

「逃がすかあああああああああっ！」

「うひゃぁあああああああああっ！」

エルの怒声と、イヴの悲鳴がひびく。

自走馬車たちはチェイスを開始した。

＊＊＊

ガラガラガラッと物凄い音をたてて、車輪は回る。

火花さえ散らしながら、自走馬車はカーブを曲がった。

危うい軋みをあげて、エル側の車体はギシギシと揺れる。

そろそろ、破損するか否か危ない線だった。なにせ、『始祖』用の馬車とは耐久性が異なるのだ。なんとかもつようにと、エルは祈った。だが、休ませる暇もなく、次のカーブがくる。また、逆側に車体がかたむいた。危険な振動に、ふたりは全身を貫かれる。

ぴゃああああと声をあげてイヴが後ろへ飛んでいきかけた。その腕をひっ掴みながら、エルは片手で拳銃を握った。御者台へ発砲する。だが、この振動の中で当たるわけがない。

「アー、Ahー、AHー」

その間にも、相手は両手を重ねあわせた。暗い声の詠唱が、騒音を越えて耳に届く。禍々しい黒色の火球が、掌の間で完成した。敵は、ソレをエルたちのほうへと放つ。だが激しい振動にさらされているのは、相手も同じだ。エルとイヴに火球は当たらない。

しかし、ソレはふたりの乗る自走馬車の車両をかすめた。ボッと、嫌な音が鳴る。布製の屋根の一部が燃えはじめた。紅い瞳を見開き、エルは思わず声をあげる。

「まっず！」

「ど、どどど、どうするんですか、エルさん？」

馬車は走り続けている。だが、強い風の影響を、魔術の炎は受けないらしい。屋根への侵食が進んだ。パチパチという音とともに、エルたちへ熱が届く。

このままでは、追跡が不可能になる。早急に仕留めるほかない。

そう、エルは射撃を続けた、だが、当たらない。迫撃砲を放つ手もあるだろう。しかし、発射には時間がかかりすぎる。散弾を試すか。だが、不安定な足場では反動が強いと、エルは悩んだ。とはいうものの、自分の身を顧みてなどいられない。今までも、彼女はそうやってひとりで危険な場を制圧してきたのだ。一か八か、エルは危うい手を選ぼうとした。

その時だ。

ぎゅっと、イヴがエルの手を握った。彼女は声を張りあげる。

「エルさん、私に！」

「なに、今忙し……」

「私に、なにかやれることはないですか!?」

エルはハッとした。撃たれたかのように、彼女は気がつく。失念するべきではなかった。今、エルはひとりではないのだ。相手は悪魔だ。それでも、頼りにならない天使の同胞がいるときとは大きく異なる。孤独なときとはなにもかもが違っていた。


バディがいる。


そうだと、エルは目をかがやかせた。

ひとりでは無理なことも、ふたりならできる！

「イヴ！」

「はい！」

あることを、エルは彼女に頼んだ。そんな発想がと、イヴは目を丸くする。だが、何度もうなずいた。イヴは敵方の馬車を睨む。その横顔を、エルは深い信頼をこめて見つめた。イヴならばできる。エルはそう知っている。

ならば、あとは彼女のことを信じるのみだ。

ふたりの隙を狙って、黒のローブ姿はふたたび魔術を放とうとする。

それへかぶせるように、イヴは叫んだ。

「『ウーヌス』、『ドゥオ』、『トリア』！」

三体の獣が、敵の馬車の前に出現した。

相手が、わけのわからない叫び声をあげるのが聞こえた。

だが、急停止など不可能な速度で、『始祖』の自走馬車は、獣たちへとまっすぐに突っこんでいく。瘦身の黒犬と長毛の狼までは、なんとかなった。

しかし、巨躯の犬――『トリア』相手にはそうもいかない。

ガンッと、たくましい胴体にぶつかり、『始祖』の馬車は大きく横へ滑った。跳ねた御者台から、黒ローブの姿が道へ落ちる。だが、相手が路面に叩きつけられる寸前のことだ。

走る馬車から、エルは限界まで腕を伸ばした。

「せいのっ！」

間一髪のところで、敵の体を抱き留める。エル自身の下半身は、イヴが支えてくれた。

不安定に揺れながらも――エルは御者台に、敵の術師の体をひきずりあげた。

しばらく滑り、『始祖』の馬車は横向きに倒れた。カラカラと銀で飾られた車輪が回る。

もう、敵に逃走手段はない。成功だ。そう判断して、エルは黒ローブを押さえたままうなずいた。イヴが自走馬車の速度を落としていく。ゆっくりと、彼女は壊れかけの車輪を停止させた。同時進行で、エルは黒ローブの両腕に手錠をかける。

「はい、今度こそ確保」

「わーい、やりました」

「アンタのおかげだ。イヴ。ありがとう」

「そ、そんな、お礼なんていいですよぅ」

顔を蕩けさせながら、イヴは喜ぶ。その頭を、エルは勢いで撫でてやった。ゴロゴロと、イヴは喉を鳴らす。やわらかな表情を見て、エルも目を細めた。だが、彼女のほうはすぐに表情をひきしめた。瞳から優しさを取り払って、エルは確保した術師に向きあう。

燃えている馬車からは、三人ともが降りる必要があった。術師をひったてながら、ふたりは御者台をあとにする。安全な距離を空けつつも、エルは黒ローブの男へと問いかけた。

「なぜ、おまえたちは天使と悪魔を狙った？　なぜ、『始祖』を殺そうとした？　なんのために、人間たちを犠牲にしている？　答えろ！」

「世界の」

「なに？」

エルは目を細めた。黒ローブは頭を振った。首を回して、相手はエルを見る。にぃっと──意外と若い──痩せた青年が笑った。黄色い歯をむきだして、彼は歪な表情で告げる。

「世界の真実を知っているか？」

不思議な自信に満ちた言葉がひびいた。

まるで、己は知っているとでもいうかのように。

瞬間、なぜか、エルは夢で聞いた語りを思いだした。


ここは匣庭。

女王はひとり。

やがて、民は知る。

千年の安息が続いた幸福と、幸運を。


「……アンタなにを言って」

「エルさん、危ないです！」

イヴが叫んだ。なにがと問いかける暇はない。謎に満ちた言葉に気をとられすぎた。

いつのまにか、男の額は蠢いていた。皮膚がぐちゃりと裂け、肛門にも似た穴が開く。

血と脳味噌と排泄物にも似た、汚れたナニカが零れ落ちた。キキキキッと、太った醜い芋虫が鳴く。火薬と油を大量に腹へしまった使い魔だ。ソレは、確かに笑ったように思えた。

急速に、芋虫は醜悪な全身を膨らませた。

「……っ！」

「えいっ！」

エルを抱えてイヴは横に飛んだ。羽を動かして、彼女は飛距離を伸ばす。

一拍遅れて、芋虫を中心に、青年の体が爆ぜた。轟音が鼓膜を揺るがす。

言葉にはしがたい激情をこめて、エルは舌打ちした。

敗北したときのために、仕込んでいたのだろう。自害を前提にするとは、あまりにも異常な発想だった。捕まった段階で、男には生き残る気がなかったのだ。

腹の一部を爆発で抉られ、肉を散らされながらも、男にはまだ息があった。濁った哄笑がひびきわたる。やがて、それは残った体が生きたまま焼ける苦痛の悲鳴へすり替わった。

爆散した肉片を食らって、馬車も燃え崩れる。

炎の勢いは増していった。消火の術はない。

紅色の目に、エルは苦々しく炎を映した。その後ろで、イヴが小さく呻く。

「……うっ」

「イヴ？」

バディの悪魔の異変に、エルは気がついた。

イヴの滑らかな背中を見て、彼女は息を呑んだ。爆風が起きたさいに石が飛んだらしい。

バディの肌からは、血が流れていた。

「『女王の涙は清く美しく、癒しを与える。幸いなるかな、その身の穢れを知る者たちよ』」

「ひゃぐうっ！」

「あああああ、アンタは悪魔だから聖属性だと肌が焼けちゃうか……でも、そのわりに爛れるまではいかないんだ、なんでだろ……まあ、いいか。えっと『痛みよ和らぎ、血は止まれ。癒し手の望みを届けよう』」

イヴの傷口に、エルは素手で触れた。そして天使ではなく、人間の術師の魔法を唱える。本職の治療師のものに比べれば、彼女が操る光は実に小さく淡く頼りない。それでも自然治癒よりは早く、血は凝固していった。ようやく、紅色の滑らかな流れは緩やかに止まる。

イヴの羽のつけ根付近に開いた穴を、エルは確かめた。幸いにもそこまで深くはない。

痛くないように気をつけながら、エルはもう一度触れた。それからつぶやく。

「よし、縫う必要はないかな……ごめん、アタシの治療はへたくそだけど、署に帰れば専用の塗り薬もある。あとで、ちゃんと跡が残らないように塞いであげるから」

そこでエルは言葉を止めた。息を吸いこみ、吐く。誰かに身をていして庇われた経験なんてない。思わず声が震えそうだ。それでも真剣に、彼女はバディに対して続きを告げた。

「ありがとう、助けてくれて」

「そんな！　全然、全然ですよ！」

勢いよく、イヴは応える。ぶんぶんと、彼女は首を横に振った。

なにかを言おうとして、エルは言葉に迷った。怪我をしてまで助けられたのも、はじめてのことだ。だが、礼をくりかえしたところで同じ応えが返るだけだろう。無言で、エルはイヴの傷口の周りをなぞった。辺りを満たす沈黙に、イヴはうーっと困った声をだす。

ちょっと迷ったあと、彼女はささやいた。

「えっと、……エルさんって、天使なのに聖属性の術以外も使えるんですね？」

「うん？　まあ、そう……戦闘が本職だから、治療自体が得意なわけじゃないけど」

イヴの問いかけに、エルは応えた。お気にいりの黒手袋を、彼女は装着し直す。てのひらを開閉し、エルは違和感がないことを確かめた。そして、イヴの疑問への続きを口にする。

「ほら、悪魔を捕獲するさいに、誤って怪我を負わせることもないとは言えないじゃない？　こっちのミスなら、当然、治してあげる必要がある。そんなときに、応急手当ができるよう、覚えたってわけ」

「そういうところ、エルさんは凄く偉いと思います」

「そう？　これくらい、普通じゃない？」

「他の天使警察は、色々めちゃくちゃで、怖いですもん」

「まあ、アイツらはね」

軽く、エルは肩をすくめた。確かに、他の天使警察は自分のミスで怪我を負わせたところて、悪魔のことなど気にもかけないだろう。その怠惰と傲慢こそが、天使としての特権だと、彼女たちは本気で信じている。エルからすれば、身勝手で恥知らずな話だった。

　そんな所業は、本来の『秩序』からはほど遠い。己の胸に手を当てて、エルは謳う。

「アタシは、アイツらとは違う。そう、決めたの。それを実行しているだけ」

「はい、素敵だと思います」

「ハハッ、天使を褒める悪魔だって、アンタくらいじゃない？」

　笑いながら、彼女はイヴの隣に腰かけた。金の狼の毛皮が張られた座席は、適度なやわらかさでもって沈みこむ。その上質な座りごこちは、ノアの屋敷のソファーをも思わせた。

　窓へと、エルは顔をかたむける。外では、ゆったりと景色が動き続けていた。

　エルとイヴは『始祖』の自走馬車に乗っていた。

　横転したものを獣たちの力を借りて持ちあげて、再稼働させたのだ。さすが『始祖』の持ち物だけあって、自走馬車に破損はなかった。それどころか不具合さえ生じてはいない。

　使用許可は得ていない——が、知ったことではなかった。乗り捨てていったほうが悪いとエルは考えている。いらないのならば、利用させてもらうまでだ。エルは足を組む。イヴはなにかを考えているようだ。しばらく、沈黙が流れた。不意に、イヴは姿勢を正した。

「……あの、エルさん」

「なに？」

「色々ごめんなさい」

「なんで、謝るの？」

「だって、私、悪魔で犯罪者なのに、たくさん助けてもらって……」

涙のにじむ声で、イヴはささやいた。ぎゅっと両手を握り締めて、彼女は顔を伏せる。

なにを言いだすのかと、エルはぽかんとした。

だが、イヴは、どうやら本気で恥じらっているらしい。ぐすぐすと、彼女は泣きだした。

うーんっと、エルは己の頬を掻いた。悩んだ末に、エルは――うつむいたままの――うす紫色の頭にぽんっと手を乗せた。そのまま、わしゃわしゃと、バディの髪を撫でてやる。

乱暴さかげんに、イヴは足をぱたぱたさせた。

「わっ、わっ」

「アンタね、それ、アタシのセリフ」

呆れたひびきでもって、エルは告げた。意外な言葉だったのだろう。イヴは泣き止んだ。

ぱちくりと彼女はまばたきをくりかえす。紫水晶の瞳に、きらきらと疑問の光が浮かんだ。

「エル、さんの？」

「さっきもお礼を言ったとおりだ。ううん、さっきだけじゃない。アンタがいなきゃ、乗り越えられなかった場面がたくさんあった」

迷いなく、エルは言いきった。それは、一切の誇張がない真実だ。

イヴがいなければ、蜥蜴たちの包囲を抜けられなかった。乱戦をさばききれなかった。

そして、イヴがいなければ馬車を止められなかった。きっと怪我も負っていただろう。

だが、今、エルは無事に生きている。

それは全部、バディのおかげだった。

天使警察の同僚どもでは、いや、他の誰でもこうはいかないだろう。イヴはイヴだ。エルの信用に精一杯応えてくれる、信頼に値する悪魔だった。確かにバディと呼べる存在だ。

彼女の代わりになる存在なんていない。にっと明るく笑って、エルは告げる。

「アンタは悪魔。だけど、背中を預けられる」

「……えっ」

「アタシは戦地ではひとりで。そんな存在に出会えると思ってなかった。ありがとう」

「お、お礼なんていいですよ！　私だってそうで……それに！　……あの、その」

「なに？」

イヴは指先をくっつけたり、離したりした。挙動不審に彼女は言葉を迷う。だが、エルに告げると決意したらしい。羽をぴっと立てながら、イヴは両の拳を固めてささやいた。

「ば、バディは情報共有と信頼が重要……です、よね？」

おずおずと、イヴは問う。

思わず、エルはまばたきをくりかえした。まさか、イヴのほうからバディの心得を説かれるとは思わなかった。エルが応えないのを見て、イヴは慌てた。真っ赤になって、彼女は口を開く。言葉を撤回しようというのだろう。そうはさせるかと、エルは手を伸ばした。
ふたたび、イヴの頭をくしゃくしゃっと撫でる。

「わっ、わっ」

「言うじゃない、アンタ。そのとおり、バディだものね」

「えへへ……そう、ですよね。バディは、信頼が大事」

「そう」

エルはうなずく。嬉しそうにイヴは笑った。
噛みしめるように、エルは言葉を口にする。

「アタシたちは、天使と悪魔のバディだ」

他に、前例などない。
唯一無二のふたりだ。

やがて、自走馬車はゆるやかに止まった。

ふたりは目的地に着く。うっかり置いてきたルナを回収するため、吸血姫の城へもどったのだ。畏れ知らずにも『始祖』の馬車で帰ってきたふたりを見て、ノアは唇をゆるめた。

シアンとエチルは――片方は真顔で、片方はいい笑顔で――ルナをモフっている。その腕の中から飛びだして、ルナはブンブンと手を振った。慌てて彼女はエルたちに駆け寄る。

「おかえりなさい、ふたりとも」

「ただいま！」

「ただいまです！」

「エルたち、ここは自宅じゃなくってノアの城なのだけれど？」

「細かなことはいいじゃない。『ただいま』と『おかえり』はあったほうが嬉しいもの」

つんっと、エルは返事をする。その言葉を聞いて、イヴは目を丸くした。エルはどうだと笑う。ふふっと、イヴは口元を押さえた。なにかよくわからないながらも和やかな空気に反応して、ルナはブンブンと尻尾を振る。珍しいものを見た口調で、ノアはつぶやいた。

「楽しそうね、エル」

いつかの問いが、エルの頭をよぎった。

そうだ。あのころは、楽しくなかった。

嫌いなものが多すぎて、日々は停滞しているように感じられた。まるで、澱（よど）んだ水の中にいるかのようだった。現在は、残酷で奇妙な事件に振り回されている。黒のローブ姿の犯人たちを救う術（すべ）もなかった。まだなにも解決してはいない。それでも。

「うん、楽しい！」

迷いなく、エルは応えた。イヴは嬉しそうに飛び跳ねる。ルナは穏やかな瞳をしている。ノアはうなずいた。シアンとエチルも目を細める。少し照れて、えへへっとエルは笑った。白い手を振られ、メイドたちにお辞儀をされながら、エルたちは城を後にした。

『始祖』の自走馬車をそのまま借りて、本部へと向かう。

そして帰還し、イヴの治療を終えたあとのことだ。

なにを言われたのかと、エルは思わず耳を疑った。

「新たな命令だ。バディは解散すること」

そう、シャレーナが、

署長が、命じたのだ。

＊＊＊

「どうしてですか!?」

「もう、その悪魔に、間近での監視は必要ないと判断した」

バンッと、エルは署長室の執務机を叩いた。彼女らしくもない行動だ。その自覚もある。だが、流石にこの横暴だけは看過できなかった。それに、シャレーナは淡々と答える。だが、エルはうなずかなかった。制服に包まれた己の胸に片手を押し当てて、彼女は訴える。

「納得できません！　彼女と私の戦闘能力は相性がいい。互いに互いを補完できる関係と判断します。本件の調査を続けるのならば、バディの続行は効率的です。解散しろと言うのならば、適切な理由説明を求めます！」

「……それだ」

「……えっ？」

「天使警察エリートが悪魔に必要以上の共感をもつこと……そのほうが今や重大な懸念事項だと私は判断した。今後、その悪魔にはかまうな。逆らえば羽の切断処置も検討する」

シャレーナはわけのわからないことを告げた。

それのどこが懸念事項だと、エルは唇を噛む。確かに、天使は特権階級だ。そうだというのに、バディを組ませたのはシャレーナではないか。それに、今やエルは知ってもいた。

悪魔も天使も同じだ。

紅い血が流れている。

背中を預けることもできる！

「なにが問題なのですか？　我々は、この世界を匣庭とするのならば共に棲む種族で……」

「エル・フラクティア！」

シャレーナは大声をだした。滅多に聞かない怒声に、エルは思わず息を詰まらせる。心底呆れ果てたかのように、シャレーナは首を横に振った。さらに彼女は指を組んで続ける。

「以前、言ったはずだ。『私が天使の害となることはない』と。おまえにも、いずれ、同様の自覚を持ってもらわなければ困る」

「それは……どういう意味、ですか？」

「今はまだ語るときではない……だが、新たな重要任務もある。一時、天使警察は本件から手を引くことも決定した。ならば、バディの解散は妥当だ。命令を聞け。もう一度言うが、羽を切られたいのか？」

「……手を、引く？　……そんな、嘘」

呆然と、エルはつぶやいた。続けて、彼女はふたたび唇を噛みしめる。

その判断が信じられなかった。心の底からふざけるなと思った。シャレーナ署長への信頼は、今、粉々に砕け散った。この奇怪で残酷な事件から手を引くなどと理解ができない。

多くの、人間が。

無辜の、人々が。

殺害されたのに。

「まだなにも解決していません！　人間たちも危険だ！　アンタはナニを考えてる⁉」

「口をつしめ、エル！　生きたまま羽を切断される激痛を、おまえは知っているのか？　それを経験して、無惨に壊れなかった天使はいない。おまえも味わいたいのか？」

「ハッ、やればいい！　それでも！」

「待ってください！」

そこで、イヴが口を挟んだ。はっきりと、彼女は天使警察の署長へ意思表示をする。

あの、泣き虫で弱虫のイヴが。

驚きに、エルは目を見開いた。忙しなく走り、イヴはエルの隣に立った。怖いのだろう。彼女は均整のとれた体を震わせている。だが、キッとイヴは気丈にシャレーナを見つめた。紫水晶の目をかがやかせて、彼女は真剣に宣言する。

「事件は、私が調べます」

「えっ、ちょっ、なに？」

「私が独自調査を続けて、本件をなんとかします！　そうすれば……バディを解消しても事件は追えるし、エルさんの心配もなくなります！　……そうですよね？」

エルに向けて、イヴは落ち着かせるようにほほ笑んだ。

この馬鹿、とエルは顔を覆った。この悪魔は大馬鹿だ。敵は自害もいとわない、ひどく危険な連中だった。それに、天使と悪魔どころか、『始祖』までをも狙うほどに好戦的だ。

自走馬車戦では、イヴも怪我をした。だというのに。

「そんなの、アタシは認め」

「いいだろう。やりたいようにやるがいい。禁固刑は、成果をだせば取り消しとしてやるとも――だが、敵には相応の実力がある。おまえの屍が無惨に転がろうが、こちらは責任をとらんがな。それでもいいのならば、好きにすればいい」

高慢に、シャレーナは鼻で笑った。イヴは、署長のことを見つめ返す。死ぬ可能性があるというのに、ひとりで危険にさらすわけにはいかない。そう、エルは訴えようとした。だが、誰も彼女のほうへは視線を向けない。礼儀正しく、イヴはシャレーナへ頭をさげた。

「ありがとうございます……失礼します」

「ちょっと、イヴ」

バディへ、エルは駆け寄ろうとした。だが、パシッと、黒い羽で軽く叩かれる。イヴが、エルのことを払ったのだ。数秒遅れてその事実を理解し、えっと、エルは言葉を失った。

彼女に背中を向けたまま、イヴは厳しく告げた。

「近づかないでください」

「……イヴ」

「エルさんは天使、私は悪魔」

まるで、自分に言い聞かせようとしているかのようなつぶやきだった。

表情を見せないまま――嚙みしめるように――イヴは事実を口にする。

「バディなんて、最初からまちがっていたんです」

そのまま、イヴは歩いていった。リボンのような髪を揺らして、彼女は扉を開き、閉じる。うっすらと傷跡の残る背中は見えなくなった。片手をさし伸べたまま、エルは固まる。後を追うことなどできなかった。イヴの放った言葉には、それだけの絶対的な拒絶がふくまれていた。彼女は本気で別れを口にしていた。ならば、答えはひとつだけなのだろう。

バディは解散だ。

その決定を突きつけられて、エルはひとり置いていかれた子供のように立ちすくむ。彼女の困惑にはかまうことなく、シャレーナが声をあげた。

「あの悪魔を守ろうなどと、万が一でも思うな。そのときはおまえを犯罪者として処理することになる。なに、アレは逃げ足が速いだけの小物だ。早々に、死体があがるだろう。おまえはただ、アレの訃報を待てばよい。次の任務は明日詳細を告げる……いいな」

拳を固めて、エルはうつむいた。そんなことは認められない。だが、ここで追っても捕まるだろう。署長に呼ばれて、監視の天使が姿を見せる。エルの打ちひしがれた姿を、彼女は鼻で嗤（わら）った。それを、エルは無視した。だが、強制的に、彼女は自室へともどされる。

悪魔の後を追うことは、できなかった。

＊＊＊

白くて甘い、曖昧な夢を見る。

夢とわかっていて、夢を見る。


今は夢の中だから、やはりあの言葉が流れてくる。


ここは匣庭(はこにわ)。

女王はひとり。

やがて、民は知る。

千年の安息が続いた幸福と、幸運を。


目の前には、ひとりの女性が立っている。人か獣人か悪魔か吸血鬼か天使か、やはり、どれかは不明だ。だが、不意に、わかった。この生き物は五種族のどれにも属していない。

しかし、そんな存在がいるはずがなかった。

五種族の平穏のためにはあってはならない。

それなのに確かな実体をもって彼女は問う。

――ねえ、あなたはなにを願うの？

――ねえ、あなたはなにを望むの？

望みはある。

願いはある。

夢がある。

けれども、

「きっと、それはもう――叶(かな)わない」

自分の声で、エルは目を覚ました。

無意識的に、彼女は隣を探る。だが、サラサラとしたシーツが、てのひらに触れるばかりだった。エルは思った。ぽかりと、そこには空白がある。虚(うつ)ろな場所には、誰の温度も存在しなかった。寄り添う、肌の感触もない。ぶるりと、エルは身を震わせた。やわらかな悪夢が、頭の上で渦を巻いているように感じられる。イヴの言葉をエルは思いだした。

ふたりのほうが、あったかい。

「本当に、アンタの言うとおり」

エルはつぶやいた。ふーっと細く息を吐き、彼女は目元を覆う。

奇妙な喪失感があった。胸のうちに、ぽっかりと黒い穴が開いているかのようだ。その奥は渇いていて寒い。だが、なにを悲しむというのだろう。そう、エルはわざとらしく自嘲した。今までずっと、彼女はひとりだった。それでも立派にやってきたのだ。誰に嫌われても嫉まれても平気だった。それに、ルナだっている。孤独など目を逸らすべきだった。

あの悪魔がいた時間など、たった数日。

それに、イヴは頼りになったが邪魔でもあった。今でも、ベッドには涎の跡が残されている。そう、弱虫で、泣き虫で、臆病で、怖がりで、子供のように素直で、基本は馬鹿で。

「それなのに……」


事件は、私が調べます。

私が独自調査を続けて、本件をなんとかします！

そうすれば……バディを解消しても事件は追えるし、エルさんの心配もなくなります！

……そうですよね？

エルにはわかっていた。分析は済んでいる。イヴは召喚能力に長けた。だが、本人は戦闘力をほぼもたない。あの術師や怪物たちを相手にするのならばサポートは絶対に必要だ。明日、その屍が転がっていたとしてもおかしくはないだろう。

それなのに、そうなのに。

あんな孤独な白い背中で、

「アンタはアタシのために、ひとりでなにを背負おうって言うの」

ぽつりと、エルはつぶやいた。

朝の光に声は飲まれて消えた。

＊＊＊

新たな任務とは、貴人の護衛だった。

意外性にエルは思わず眉根を寄せる。

「貴人……つまり人間、ですか？」

「ああ、『始祖』が狙われた以上、各種族の重要人物の護衛は必要だ……あの路傍の石以下の価値しかない、悪魔なんぞの守護とは違ってな」

　夜とは打って変わって、朝の署長室は明るい。

　窓から、まぶしい光がふんだんに降り注いでいた。

　その中で、シャレーナは薫り高いコーヒーをかたむける。彼女の立ち姿からは、昨日のいらだちが嘘のようにぬぐい去られていた。イヴが消えた以上、もう、エルは逆らわない。そう信じて、機嫌を直したようだ。歌うように、彼女は続ける。

「しかも、護衛対象は天使とも関連の深い、教会勢力の代表者のひとりであり、今回は合同儀式にあたる。もしも、ここで襲撃をされては、天使警察の沽券にもかかわるからな」

　なるほどと、エルはうなずいた。

　羽虫のごとく、人間種族はか弱い。他種族には大きく劣る、短命で哀れな存在だ。だが、一部では、天使にすり寄ったうえでの地位向上の動きが見られた。

　その中心勢力が、教会だ。

『聖母』を筆頭に、今までも彼らは活動を続けてきた。

　そして、数百年前から『女王』をもかかげることで、天使と友好を築こうと試みている。

　その宗教性をともなう団結力と、人員数は五種族の中でも秀でていた。ゆえに、無視できない存在だと注目されつつある。虫も群れれば力を持ち、敵にも味方にもなりうるのだ。

だが、『聖母』以外の教会勢力の代表者など、エルは知らなかった。

今までそんな者がいただろうか？

記憶を漁り（あさり）ながら、彼女は問いかける。

「誰なのですか。その貴人は？」

「ああ、おまえは護衛任務は久しぶりだから知らないか。『彼女』は、最近になって台頭してきた娘だよ……その存在は美しく、清く、『聖母』をも越えると、一部の人間からいっそ不遜なほどの熱烈な支持を集めてもいる。その名は誰も知らない。だからこそ、いつからかこう呼ばれるようになった……」

シャレーナは口を開く。そして、教会勢力の中では尊き呼び名を告げた。

「ジェーン・ドゥ」

＊＊＊

聖歌がひびく。

輪唱（りんしょう）が重なる。

幸いあれ。幸いあれ。幸いあれ。

『女王』の失われし、御名のもと。

その冠に、我々は伏して希わん。


望みを。

願いを。


この声を聞き届けたまえ。

我らが種族に、栄光あれ。


多重に震える声の中、ひとりの娘が現れた。白百合のような細くたおやかな姿が、ゆらりと進む。大聖堂のまんなかをステンドグラスからの光に照らされながら、彼女は歩いた。

儚い姿を確認し、エルは目を細める。

アレが、ジェーン・ドゥだろう。

確かに、神秘的な娘だった。彼女は白いヴェールをかぶり、包帯を巻いて目元を覆い隠している。それでも、骨を思わせるような白髪に彩られた神聖な美しさは、損なわれてはいなかった。堂々としながらも厳かに、彼女は聖者の威厳をもって足を運ぶ。

そのすぐ後ろには、別の可憐な少女が控えていた。黒髪に、精緻な作りの同色のドレスが愛らしい。彼女のほうの名前は、エルにはわからなかった。ふたりの娘は、鏡のごとく磨かれた床をゆっくりと進む。その先にはなにかを嘆く、『女王』の像があった。

忠誠を誓うかのごとく、ジェーン・ドゥは御前に跪き、真摯に祈りはじめる。

大聖堂に反響する声は、強さを増した。


聖なるかな、聖なるかな、聖なるかな。

応えたもう、応えたもう、応えたもう。


（……護衛の人数は天使が二十。人間が三十。敵の姿は見えない）

大聖堂の中央通路の端に立ち、エルは辺りを見回した。

護衛の数は過剰なほどだ。だが、多さとは、ときに力でもある。それだけ、教会勢力と天使警察が、ジェーン・ドゥのことを重要視している証だろう。真の代表者たる『聖母』を越える支持を、彼女が集めつつあるというのは本当のようだ。同時に、エルは判断する。

この場に、自分は必要ない。

天使警察本部では、常に監視の目があった。だが、今、精鋭はすべてジェーン・ドゥに注目している。絶好の機会だ。それに、ここはエルの武力が重要な場でもない。抜け出すのならば、今しかないだろう。次は、いつ機会が得られるか、わかったものではなかった。

そっと、彼女は列から外れる。儀式を見ようと集まった、人間たちのあいだをすり抜けた。そのまま、エルは裏口へ向かおうとした。誰にも見られず、気づかれなかったはずだ。

だが、彼女の行動を予測していたかのごとく――太い柱の陰に――明るい甘茶色が立った。

黄色のローブを着た獣人が、かすかに口元を緩める。

「……ルナ」

「実は署長から言われていまして……儀式の間、多くは護衛に回る。だから、おまえが、エルさんの匂いが遠ざかったときには止めるようにと」

ギリッと、エルは歯を噛みしめた。一瞬で、彼女にはシャレーナの企みのすべてが理解できた。ただ、ルナにエルを止めさせようとしているだけではない。

万が一、彼女が逃げればルナの責任になるとも警告しているのだ。

獣人の地位は低い。殺処分もありえた。

これでは脱走などできない。諦めて、エルは踵を返そうとする。

だが、ルナに腕を掴まれた。縋るような強さで引き止められて、エルはその場に留まる。

「……なに？」

「行ってください」

真剣な口調で、ルナは告げた。思わず、エルは目を見開く。

蜜のような黄金の目を、ルナは細めた。ゆっくりと、彼女は言い聞かせるように語る。

「なにがあってもいいように、最後に会っておきたかっただけなんです。ここを逃したら、機会はない。私には、エルさんを止める気なんてありません」

「なにを馬鹿言ってんの……アタシが行ったらアンタは――

「ですが、イヴさんがいつ敵に襲撃されるかはわからない。事件も、このまま終わりにする気はないでしょう？　そうじゃないんですか？」

「でも」

「なにより、あなたはようやく、欲しいものを手に入れたはずだ！」

声は殺しながらも、ルナは力強く言いきった。思わず、エルは言葉をなくす。数歩前にでて、ルナはエルの心を量るかのように見つめた。彼女は姉のように、母のように告げる。

「それは理不尽な命令なんかで、手放していいものですか？　違うでしょう！」

「……ルナ」

「……私は、実は長く後悔をしてきました」

懺悔をするように、ルナは語る。遠くで、清らかな歌声が響いた。

この身の穢れを知る我に——どうか、救いと赦しのあらんことを。

「あなたは強すぎて、正しい天使すぎて……所詮、私は獣人ですから、あなたからは一歩離れていた。だから、私とあなたではバディにはなれなかった。それでも、やっと、あなたにふさわしい方が現れてくれたんです！　私にはそれが嬉しい。エルさん、隣にいたい方を見つけたのなら、いてくれる方に出会えたのなら、決して離したりしたらいけません」

温かく、ルナはほほ笑んだ。

エルにバディができたことが、本当に嬉しいのだというように。祝福するかのように、心から喜ばしいのだと告げるかのように。彼女は心からの笑みと共に続ける。

「悪魔でもあの方はいい子です。あなたと共に戦い、並んでくれる。失ってはいけません」

「なら、せめて、アンタも一緒に」

「行けません」

ゆっくりとルナは首を横に振った。やわらかく、けれどもはっきりと、彼女は言いきる。

エルは目に涙がたまるのを覚えた。熱が喉元にこみあげてくる。大声で、泣きたくてしかたがない。それでも、今はただ堪えた。エルの頭を、ルナはいい子と歌うように撫でる。

そして、穏やかな口調で告げた。

「姉ちゃんはきっと処分されるから、おまえも逃げるようにと、妹に手紙をだしたんです……それが届くまではあと半刻。あの子は、私からの手紙はすぐに見てくれる。妹の逃走が終わるころまで、せいぜい気づかれないように、振る舞いますとも」

「……アタシは」

「行ってください。今後も、ずっとこうだ。それどころか署長の監視はきっと強まります。そうなれば、事件は完全に闇へと葬られる……イヴさんが、いつまで無事かもわからない」

そっと、ルナはエルの髪から手を離した。そして、彼女の背中を強く押した。送りだすように。あるいは崖から突き落とそうとするかのように。優しくも断固とした力をこめて。

「私を好きなら、行ってください」

「……ルナ」

「行け、エル！」

急に、ルナは——小声で、だが、ナイフを振るうかのように鋭く——叫んだ。

彼女が『さん』をつけないのははじめてだ。頬を張られたような衝撃を、エルは受けた。

今までのように部下ではなく、ひとりの友人として、ルナは続ける。

「あなたは行くんだ！　あなたは多くが犠牲にされた凶悪犯罪を、未解決になんてしない警察だ！　そうして、イヴさんを見捨てない天使だ！　そうでしょう？」

「……待ってて。イヴを連れて一度もどってくる」

今度は、ルナが目を見開いた。思ってもみない言葉だったのだろう。驚きに、彼女は息を詰まらせる。その肩に、エルは手を置いた。そして、タンッと床を蹴った。

天使と獣人は、友人同士はすれ違う。

それでも裏口へ向かいながら、エルは宣言した。

「必ず、アタシがアンタを攫うから」

「ハハッ、ズルいですよ、あなたは」

カッコいいところを、持ってっちゃうんだから。

そう、ルナはつぶやいた。涙を隠すように、彼女はフードの縁を引っ張る。友人を置いて、エルは駆けた。どんどん、速度をあげていく。風のように、嵐のように、天使は急ぐ。

弱虫で泣き虫で馬鹿で頭を撫でると喉を鳴らし、信頼を喜んだ悪魔のもとへ。

自分の唯一のバディのところへ。

＊＊＊

昼どきのスラム街には、人があふれていた。

多くの住民が呪いの犠牲にされ、殺された。

それでも陽（ひ）の光の恩恵を信じるかのように、街は息づき、活気づいてもいる。

酒瓶を手に、男たちはカードに興じていた。子供たちは裸足（はだし）で駆け回り、女たちは井戸端で擦りきれた服を洗っている。広場では、老婆が大鍋で麦粥（むぎがゆ）を煮ていた。

誰もが彼もが突然現れた天使に対して、不思議そうな視線を向ける。中には、あからさまな嫌悪の色もふくまれていた。だが、エルは一切を無視して駆けた。昼と夜では、街の顔は違う。それでも記憶をたどり、彼女は複雑な道の奥の奥を目指した。痩せた猫を踏みそうになり、頭上からバケツで生活排水を降らされそうになりながらも、先を急ぐ。

やがて、エルはあの穴を見つけた。かがみこむと、彼女は細い体を器用に押しこんだ。

そして、いつかのように外へでた。

目の前には、一部は潰された、美しい花の海が広がっている。

同時に、エルはゾッとした。まばゆいばかりの白色の中に、怪物の半ば崩壊した死体が倒れていたのだ。陽の光に焼かれて、その表皮や肉は灰と化しつつある。だが、死因は自己崩壊ではないようだ。蜥蜴の喉元は獣に食いちぎられていた。

　つまり、コレはイヴと交戦したのだろう。

　結果、あの悪魔はどうなったのか。
　もしかして、もう、
　なにもかもが遅すぎたのではないか？

「…………ッ！」

　花弁を散らして、エルは走りだした。扉が壊れたままの粗末な小屋の中へと飛びこむ。

　同時に、彼女は言葉を失った。足が震える。手足が冷えていく。それなのに、心臓は破裂しそうなほどに大きく脈を打った。ガクンッと、エルは体から力が抜けるのを覚えた。

　その場に、彼女は座りこむ。床へと手もついた。重いなと、エルは思った。今まで生きてきて、こんな後悔を味わったことなどない。自分の無力さに、エルは小さく笑いだした。

「ハハッ……こう、なっちゃったんだ」

　彼女の目の前には、紅い血溜まりが広がっていた。

　べったりと木に染みついた濃厚な色のうえに、エルは涙を落とす。死体がないのは、術師が持っていったせいだろう。感情は、まだ完全には追いついていなかった。だが、雫は勝手に流れ落ちていく。思いだそうとしているわけでもないのに、次々と記憶が浮かんだ。

泣いている姿、震えている姿、子供のように笑っている姿。弱いのにひとりで去る姿。

キラキラとかがやく、うす紫色の目と、リボンのような髪。差し伸べられたてのひら。

たくさん、助けられたのに。

たくさん応えてくれたのに。

「……ごめん、イヴ」

「……は、はい？」

瞬間、背中から声がかかった。

びっくりして、エルは舌を噛みかけた。制帽を落としかねない勢いで、彼女は振り向く。

そこには、幻のごとく、イヴが立っていた。

紫水晶の目にも、美しい髪にも、変わりはない。相変わらず際どい格好で、イヴは首をかしげた。不思議そうに、彼女はたずねる。

「あの……どうしてエルさんがここに？　じゃなくてバディは解消しましたよ！　なのに」

「血！」

「へ？」

「いいから、この血はなに!?」

血溜まりを指さして、エルは聞く。イヴが無事だというのなら、これはなんなのか。

勢いに、イヴは目をぱちくりさせた。手を意味なく上下させながら、彼女は答える。

—そ、それは帰宅したら襲ってきた蜥蜴を、返り討ちにした跡なんです。死体は外にだしました。襲撃されるところまでは予想どおりだったんですけど……ごめんなさい。犯人の一味は逃がしてしまって、捕まえられなくて」

イヴはなにかを語っている。だが、自分から聞いておきながらエルにはそんなことはどうでもよかった。このお人好(ひとよ)しの悪魔が彼女が来るまで生きてくれていた。それ以上に大切な事実などない。拳を握り、エルはまっすぐに立ちあがった。そして、床を強く蹴った。

「……ッ」

「はへ？」

エルはイヴに抱きつく。

天使が悪魔を抱擁する。

受けとめきれずに、イヴは尻もちをついた。目を回している彼女に、エルは言う。

「無事でよかった」

「あの、私、たち」

「いいから喜ばせろ！」

「……はい」

イヴは応える。そっと彼女は腕をあげた。おずおずとイヴはエルを抱きしめ返す。その手は細かく震えていた。イヴは数度しゃくりあげる。泣いている声で、彼女はささやいた。

「心配して、くれたんですね。ありがとうございます」

「当然！　バディは信頼が重要」

「でも、それは、解消して……」

「アタシは認めてない！」

叫ぶように、エルは言いきった。

彼女はイヴの肩を掴み、体を離した。そして、うす紫の目をにらむように見つめた。もう逃げられてたまるか。ひとりでどこかに行かれてたまるか。危険を選ばれてなるものか。

イヴはエルのバディなのだから。そう思いながら、エルは真剣に、真摯に語り続ける。

「まだ、なにも解決してない！　アンタだけで相手にするには、敵は危険すぎる！　ひとりだとできなくても、ふたりならやれることがたくさんある！　どう、解散理由ある？」

「でも、署長の命令が……エルさんにも迷惑が」

「ええい、グダグダ言うな。正直に答えなさいイヴ！　アンタ、バディを解散したいの？」

「それは」

「アタシはアンタと一緒にいたい」

きっぱりと、エルは告げた。迷う余地はない。エルの中で、結論はもうでている。

天使だからなんだ。

悪魔だからなんだ。

エルはイヴと出会った。

そして、この馬鹿を友人として好きになったのだ。

ひとりでは無理なことがたくさんあって、ふたりだとできることがたくさんある。

その絶対的な事実を前にしては、嘘も建前もなんの意味もない。だから、エルは続ける。

「アンタはどうなの、イヴ？」

「私、は」

「アタシのためなんて、考えないでいい。二度と、アタシのために自分を犠牲にしないで。真剣に嫌なら、嫌でいい。それでいい。でも、頼むから本当のことだけを口にして」

「わたし」

「バディは信頼が重要だから」

ぽろりと、イヴの目から涙がこぼれた。ぽろぽろと、彼女は大粒の雫を落とす。

紫水晶の瞳が美しく濡れた。その神秘性を裏切るように、イヴは顔をまぬけにくしゃくしゃにする。そして、イヴは大声で泣きだした。子供のようにしゃくりあげながら訴える。

「私……最近、怖いことでいっぱいなのに……大変なことだらけなのに……それなのに」

「うん」

「ずっと楽しくて、ずっと嬉しくて、だから」

「同じだ」

「私も、エルさんと一緒にいたいです」

やっと本音が聞けた。エルにはわかっている。イヴもそうだろう。

ふたりのほうが温かい。

ひとりきりは、寂しい。


エルは彼女の頭を撫でた。最初は優しく、徐々にぐちゃぐちゃっと髪をかき混ぜてやる。わっわっわっと、イヴは羽をパタパタさせた。慌てる彼女に向けて、エルはにっと笑う。

それじゃあと、エルは口を開いた。


「バディ、再結成だ！」


イヴは大きくうなずく。

ふたりは立ちあがった。

「それで、あのね、聞いて。ルナが……」

改めて、エルは話しだした。優しくて、温かな獣人の危機に、イヴは唇をひき結ぶ。急

きましょう」と彼女に言った。「アンタならそう言ってくれると思った」と、コルはうなずく

並んで、ふたりは走りだした。

共に、先へと進みながら、握りあった手は離さない。

第七幕　終幕には早すぎる

「ルナ！」

バンッと、エルは大聖堂東端に位置する――司祭室の扉を蹴り開けた。

まだ、教会勢力と天使の合同儀式は完全には終わっていない。天使警察本部へと、集まった面々は帰還してはいないだろう。そう、エルは考えたのだ。そして、ジェーン・ドゥが女神像前で説教をする中、聖堂端にいた司祭より、ある事実を聞きだしたのだった。

獣人が四人組の天使に連れられていった。『使うから』部屋を貸せと命じられたと。

その事実を、彼は不快に思っているようでどう進めば部屋へ着けるかまでをも教えてくれた。そうして他の天使に見つかることなく、エルとイヴはルナのもとへ駆けつけたのだ。

「ルナ！」

「ちょっと、なに？」

エルの声に、いつもの四人組が振り向く。

その後ろに、エルは見た。ルナは荒縄で、椅子へ縛りつけられていた。彼女は深くうつむき、ぐったりしている。肩や足には無惨な火傷跡や、残酷な鞭の傷が刻まれていた。そのすべてから、生々しい紅色が滲みだしている。さらに、胸元は吐いた血で染まっていた。

言葉もなく、エルは大きく目を開けた。

生きているようには、とても見えない。

きんっと、周囲の空気が張りつめた。エルは、世界が無音になるのを覚えた。

胸の奥が空白になる。ルナの明るい笑顔を思いだす。ずっと昔の記憶も蘇(よみがえ)る。

『あなたこそが、話に聞いていた、正しい天使さまなのですね』

その瞬間、ふたりにはある種の壁が生じた。

だから、バディにはなれなかったのだろう。

だが、友人にはなれた。

確かに共に生きたのだ。

真空の世界に、エルは取り残される。だが、そこに騒々しい高音がひびいた。

「エル、いいところに来たじゃないの。アンタもコイツと同じ！　いいえ、それ以上の目にあわせてあげ、る？」

リーダーの少女の言葉は途切れた。

その鼻面に、エルが両方の靴底を食いこませたのだ。見事な飛び蹴りだった。鼻の骨を折り、顎を粉砕する。そのまま、彼女はリーダーを吹っ飛ばした。

あとの三人は慌てて光を編みはじめる。

やはり馬鹿だと、エルは静かに思った。三人は、数に任せてエルを押さえるべきだろう。武器などあったところで、この狭い部屋では連携の邪魔になるだけだ。

実際、ぎこちない動きで、ひとりが長剣を振るった。

「食らいなさい！」

「フッ！」

風を切る刃の腹を、エルは蹴りあげた。回転しながら、剣は跳ぶ。そのまま、ダンッと、ソレは天井に突き刺さった。ひっと、使い手は息を呑んだ。その顔に、エルは拳を埋める。殴りぬくと、鼻血と歯が辺りに散った。エルの指も軋んだが、痛みは無視をする。

相手の少女は、淡い水色の髪をしていた。その一部ごと、エルは彼女の襟首を掴んだ。そのまま、盾にする。ボウガンを構えていた桃色の髪の少女が、慌てたように叫んだ。

「そんな、卑怯……」

「戦闘に卑怯も反則もあるか」

低い声で返し、エルは走った。

盾にした少女を思いっきり振って、ふたりを壁に叩きつける。押し潰された桃色の髪の少女の背骨が嫌な音を立てた。内臓も圧迫されたのか、彼女は泣きながら吐きもどす。

残りはひとり。

拳を血で濡らして、エルは振り向いた。

燃える目を見て、最後の少女はあっけなく戦意を消失させた。サーベルをとり落として、彼女は震えながら座りこむ。早口での、懇願がはじめられた。泣きながら、少女は訴える。

「謝る！　謝るから……この、獣人のことも、今までのことも、いやがらせも、虫を服に入れたり、蛇をしこんだり、その、色々と危ないことをしたのも全部謝るから、だから！」

「それで？」

「えっ？」

ガッと、エルは彼女の顔面を掴んだ。まさか、許してくれないとは思わなかったらしい。相手の顔は、驚愕のまま固まっている。情け容赦なく、エルはてのひらに力をこめた。少女の頭蓋骨が危険な音とともに軋む。眼球を外側から押されて、彼女は苦悶の声をあげた。

「かっ……ひゅっ……」

「謝って許されることと、許されないことがある」

今までは、ここまではしなかった。

どれだけ馬鹿にされようとも、靴に針を入れられようとも、食事にガラス片をしこまれようとも、任務の最中にひとり置き去りにされようとも、自分のことならばかまわなかった。だが、四人組は一線を越えたのだ。許す気はない。慈悲を垂れるつもりはもっとない。

これは、謝ればどうにかなることではない。

業火のような怒りとともに、エルは叫んだ。

「アタシに、ルナを返せ！」

「エルさん、生きています！　ルナさん、息をしています！」

泣きそうな声で、イヴが訴えた。ルナの前にかがみこみ、彼女はその頰に触れている。

パッと、エルは手を放した。どさりと、最後の少女は倒れる。泡を吹きながら、彼女は気絶したようだ。だが、もう、どうでもいい。それを無視して、エルは身を翻した。

イヴに並んで、彼女はルナの前に屈みこんだ。

「聞こえる？　ルナ？　……ルナ？」

「うっ……あっ……」

「生きてはいるけど、怪我がひどい……どうしたら」

エルは唇を噛んだ。彼女は治療師ではない。これほどまでに、大量かつ深い傷の治癒はできなかった。だが、医者に連れて行くまでの間、果たしてルナの体力がもつかどうか。

そう、エルが悩んだときだ。背後で、涼やかな声がひびいた。

「ああ、鳥籠へ、迎えが」

「……ジェーン・ドゥ」

振り返り、エルはその名を呼んだ。聖なる人間の——ジェーン・ドゥの目は塞がれている。だが、まるですべてが見えているかのように、彼女は凛と立っていた。

天使警察を呼ばれるかと、エルは身構えた。だが、さらに後ろから——儀式中もジェーン・ドゥに、影のごとく付き添っていた——黒い少女が現れた。淡々と、彼女はささやく。

「……警戒は必要ない。その獣人が生きているのも、ジェーン・ドゥさまのおかげだから」

「えっ？」

「まず、ジェーン・ドゥさまは四人に拷問をやめさせた。だが、儀式の途中だったので、治療は後回しとされた。でも、心配はいらない。ジェーン・ドゥさまが慈悲をくださる」

乾いた声で、黒い少女は告げた。敬意のみをこめた視線を、彼女は聖女へと向ける。サラリと骨色の髪を揺らしてジェーン・ドゥは口元を動かした。どうやら、ほほ笑んだらしい。祈るように両手を組みあわせて、彼女は言葉を紡いだ。

「たくさんのたくさんの、死が、あちこちに。悲鳴が、この耳を塞ぐ」

「ジェーン・ドゥさまは、事件の人間の犠牲者数を悲しんでおられる」

「だから、私と、リリスは、祈りと、慈愛を」

「ゆえに、治してくださる、と」

リリスと呼ばれた、黒い少女が難解な言葉を訳した。

突然の申しでに、エルは戸惑う。罠かと警戒すら覚えた。

だが、その疑心にかまうことなく、ジェーン・ドゥはルナへと近づいた。彼女は白いてのひらを掲げる。ジェーン・ドゥは小さく聖句をつぶやいた。光が灯り、ルナの肌と肉が蠢く。それらは唇のように閉じ、柔らかく癒着した。生々しい傷は消えていく。

それを確認すると、エルは背筋を正した。本来、天使が教会の人間にそこまで敬意を払う必要などない。だが、以降、彼女はルナの恩人だ。エルはジェーン・ドゥに頭をさげる。

「お礼を言います。ルナを……私の友だちを助けてくれて、ありがとう」

「善行と正道ゆえに」

「正しいことをしているだけだと、ジェーン・ドゥさまはおっしゃっている」

淡々と、リリスが告げた。エルに続いて、イヴも深々と頭をさげる。

よかった、よかったと彼女は泣いた。エルも安堵の涙をぬぐう。

やがて、光は消えた。

無事、治療は終わる。

ルナの呼吸は深く安らかなものへと変わった。リリスに命じて、ジェーン・ドゥは彼女を寝台に横たえた。その体に毛布をかけてから、ジェーン・ドゥはエルたちを振り向く。

「あなたがたが、戦う者なれば。伝導の必要が」

「おまえたちが戦ってくれるのならば、伝えたいことがあると」

「なんですか？」

感謝の気持ちを胸に、エルは耳をかたむけた。今は事件のことがある。だが、恩人の頼みには応えなくてはならない。ジェーン・ドゥがいなければ、ルナは死んでいたのだから。

ジェーン・ドゥは己のヴェールに触れた。そして、迷いながらも懺悔のように告げた。

「邪悪の巣、について」

「敵の本拠地について」

＊＊＊

「なぜ……あなたたちがそれを？」

呆然(ぼうぜん)と、エルは疑問を口にした。

それは、誰も知らないはずのことだ。何者も把握していないはずの情報だった。

そうでなければ、事件はすでに終わっていなければおかしい。だが、エルの問いかけに、ジェーン・ドゥは悲しげにほほ笑んだ。その表情から、エルは悟る。

ジェーン・ドゥは、詳細な理由を語ることができないのだと。

やはり言葉を濁しながらも、リリスがあとを継いだ。

「教会本部内でも、此度(こたび)の惨劇をどう扱うべきかについては意見が割れている。このまま、『我々はなにも知らなかった』と無知をよそおい、終わりを待ちたい者が多数派だ……ゆえに、天使警察にも、被害者たる人間代表の要請として、捜査終了の希望を伝達したのだ」

「……それもあって、シャレーナ署長は手を引いたのか」

エルはつぶやいた。不可解な捜査打ちきりの理由が、ようやく解明された。

元々、天使から見て、人間とは羽虫にすぎない。さらに、群れの代表たる教会勢力が打ち切りを求めているというのに——怠惰で、高慢な天使たちが——働き続ける理由などなかった。その結果、より多くの無辜の民が殺されようとも、彼女たちはかまいなどしない。すべては人間の決めたことだ。そう、天使は切って捨てるだろう。酷薄な判断だった。

思わず、エルは舌打ちする。その横で、イヴが手をあげた。

「あの、答えていただけるかはわかりませんが……」

「なんだろうか？」

「もしかして、真実が判明すれば種族間問題にかかわることなのですか？」

イヴの問いかけに、エルは目の前の霧が晴れるような錯覚に襲われた。

そうだ。今のところ、人間は主に被害者だった。

加害者たる術師も人間ではある。だが、どこの派閥に属しているかは判明していない。しかし、もしも、彼らが教会と関係があるのならば、人間たちが向上させてきた地位がだいなしになりかねなかった。なにせ、犯人たちは天使と悪魔を襲い、『始祖』の襲撃すらも企んだのだ。最下層種族の叛逆など、他の四種族は決して許さない。

指摘に対し、リリスは暗い顔で告げた。

「それだけではない……もしかして、だが。その結果次第では、ジェーン・ドゥさまの立場も危うくなるかもしれない」

「……あなたの？」

エルは目を細めた。かすかに、ジェーン・ドゥはうなずく。同時に首を横に振った。

その不可解な仕草の意味を、リリスが語る。

「それでも、ジェーン・ドゥさまはこれ以上、無辜の羊が殺される前に解決されることを願っている……だから、あなたたちに動いてもらいたいのだ」

どうかと、リリスは頭をさげた。ジェーン・ドゥは、てのひらを組みあわせる。さらに、純白の清楚な衣装が汚れることも厭わず膝をついた。真摯に、彼女は祈りを捧げはじめる。

無言で、エルとイヴは視線をあわせた。

詳細はわからない。裏では、種族間の利権の蠢きがうかがえる。異様さからもわかってはいたが、一連の事件は単なる殺人と襲撃ではないのだ。かかわるのは愚かかもしれない。だが、このままでは無惨な死骸が積み重なるばかりだろう。獣人はなにも知らず、人間は目をつむり、天使は動かず、悪魔はかかわらず、吸血鬼は笑うだけ。

ならば、エルたちが動く他になかった。

前例のない、天使と悪魔のバディが。

だから、エルとイヴは堂々と応えた。

「わかりました」

「アタシたち、バディが解決します」

「深き愛を」

「ありがとうと、ジェーン・ドゥさまはおっしゃっている……そして、私からも感謝を」

「それで、敵の本拠地はどこに？」

当然の疑問を、エルは投げかけた。

胸元から、リリスは畳んだ地図をとりだす。机のうえに、彼女はソレを広げた。ある山岳地帯を、リリスは指さす。とんとんっと、岩山の斜面にそびえる、遺跡の記号を叩(たた)いた。

「ここだ」

「そこは」

エルは絶句した。そこは、草食動物が絶え、他種族は近寄らない土地——美しき吸血姫の棲(す)む屋敷の近くに位置していた。おそらく、ギリギリで私有地に入っていないことから、ノアはその存在を見逃してきたのだろう。あの吸血姫らしくはあるが、嘆きたくはなった。これだから高等種族はと、エルは頭を抱える。同時に、彼女は納得もした。彼らは同族こそ監視をしている。だが、他者に興味を払わなすぎた。吸血姫のおかげで人払いの済んでいる——古くからある地下聖堂など、隠れ場所にはぴったりだ。

了解したと、エルは応えた。

「今すぐに向かいます……ルナは」

「この手に」

「ジェーン・ドゥさまが、保護されると」

「ルナを、よろしくお願いします」

エルは頭をさげた。イヴも続く。ふたりが顔をあげると、リリスとジェーン・ドゥはしっかりとうなずいた。ふたりしか頼る者はいないというように、彼女たちは願いを託す。

制帽をかぶり直して、エルは気合いをいれた。


「行こう、イヴ!」

「はい、エルさん!」

勢いよく、ふたりは駆けだした。

その背後から、ジェーン・ドゥの楽器のような声が追いかけてきた。

「そして、女王の、加護あらん」

＊＊＊

「女王、か……女王、ね」

「どうしたんですか、エルさん?」

「いや……まだまだ、謎は残ってるなぁと思って」

灰色の枯れた木々の間で、エルは答える。

そう、一部の謎は解けた。

だが、それはほんのわずかな部分だけだ。

敵の本拠地という重大な情報は明らかになった。一方で事件の全貌はまだ闇の中に沈んでいる。実に歪な状況といえた。考えることは数多く、同時に頭を巡らせてもわからない。

地面が小岩で乱れている位置で足を止め、エルはイヴの進行を助けた。ありがとうございますと、彼女は先に立つ。その後ろに続きながら、エルは思案に耽った。

今まで耳にした謎に満ちた言葉を、彼女は思い返す。

『女王の栄光は、我々とだけともにある』

『世界の真実を知っているか?』

前者は、教会勢力が敵とかかわりがあるために吐かれた言葉だとも考えられた。だが、シャレーナ署長も同じ台詞を口にしていたのが不可解といえば不可解だ。

さらに『世界の真実』に関しては、まったく意味がわからなかった。真実などそんなものがあるのだろうか。あったとしても、たかがひとりの術師の耳に届くものなのだろうか。

だが、世迷いごとと、切って捨てていいとは思えない。

(目的地については、明らかになったけど)

だが、その背後の闇は未だに深く、暗い。

さらに、エルには嫌な予感があった。

この事件の裏には知るべきではない事柄が隠れているようにも思える。『女王』の名と共に、耳にするべきではないナニカが埋もれているのではないだろうか。なぜか、そう思えてならない。きっと、この事件には重い秘密がある。


まるであの悪夢のごとく。

見るべきではないものが。


そう考えながらもエルは足を運んだ。小枝と枯葉の散る地面を、彼女は踏む。

やがて、先を行くイヴが飛び跳ねた。羽をパタパタさせて、彼女は訴える。

「エルさん、見えました、あそこです！」

「うん……どうやら、たどり着いたかな」

エルはつぶやいた。まだ、少し距離があるが、目の前には巨大な岩壁がそびえている。

そこに、自然とできたのだろう、洞穴が開いていた。黒く、歪な口にも似た周りは人工的な柱で飾りつけられている。その前では、女王像と聖母像が優雅に手をとりあっていた。

女王のほうは、後から足されたもののようだ。いつに造られたものかは不明だが、確かに教会勢力の理念を反映した遺跡だった。

周りに、見張りはいない。

その事実に、エルは安堵し——違和感を覚えた。

「待って、イヴ」

「えっ？」

急ごうと、イヴは駆けだしている。

その足がピンッとなにかを切った。

木々の間に、張り巡らされていた糸だ。同時に、頭上でカアッという声がした。

一瞬で、エルは悟る。隠されている鳥籠から、罠にあわせて使い魔が飛びたったのだ。

人間の目をした鴉が、頭上を舞う。応援を呼ばれるまえにと、エルは瞬時に光を編んだ。

黒い影を撃ち殺そうとする。だが、使い魔は予想もしない行動にでた。

——カアッ、カアッ、カアッ！

油と炎で膨れた芋虫を、ばら撒いたのだ。

「伏せてっ！」

「エルさん！」

とっさに、エルはイヴをかばった。拳銃を消して、バディに覆いかぶさる。芋虫同士はぶつかりあい、互いに着火した。破れた表皮から油がまき散らされ、頭上で爆発が重なる。

まるで世界の終わりのごとく、熱と火の雨が降った。

そこに、爆発の衝撃で折れた木の枝や木片が混ざる。

重い痛みが、エルの後頭部を揺らした。その体の下でイヴは目を見開く。エルも息を呑んだ。イヴの白い頬には紅が散っていた。痛みと目眩をこらえながら、エルは問いかける。

「イヴ……けが、が」

「違います、これは」

エルさんの、血ですよ。

その、泣きだしそうな声を最後に、

ぷつりと、エルの意識は途絶えた。

夢を見る。

もはや、慣れ親しみはじめた夢だ。

美しく、甘く、不吉な悪夢。

だが、今日のそれは少し違っていた。

美しい人は、上から顔を覗きこんでくる。どうやら、自分は倒れているらしい。少し遅れて、そのことに気がつく。起きなくてはと思う。寝ている場合ではない。だが、体はまったく動かなかった。思わず、唇を噛む。不甲斐ない。なにもかもが上手くいかなかった。

大切な、誰かさえ守れない。

それが悲しい。

そして、辛い。

涙が零れる。痛みが胸を裂く。声があふれる。だが、美しい人はかまいなどしなかった。それも、当然だろう。彼女は人間でも、獣人でも、悪魔でも、吸血鬼でも、天使でもない。

悲しみなど、もってはいなかった。

だから、美しい人はただくりかえす。いっそ、阿呆のように。道化のごとく。

——ねえ、あなたはなにを願うの？

——ねえ、あなたはなにを望むの？

望みはある。

願いはある。

夢がある。

それなら、

「起きなくちゃ——失いたく、ないのなら」

自分の言葉で、エルは目を覚ました。

視界は――シャンデリアのさげられた――深紅の天井で埋められている。さらに、背中にはふわふわした感触が広がっていた。なにごとかと、エルは混乱する。確か、自分は火と油の雨に打たれたはずだ。そして、少なくない量の血を流した。うっすらと残った記憶と眼前の光景には、あまりにも齟齬（そご）がある。それが、現実への理解を阻害した。

なにもかもが夢だったのかと、エルは手を伸ばした。やわらかな体温が、指先に触れる。安堵（あんど）を覚えて、エルは声をあげた。

「イヴ！」

「おまえはなにを言っている？」

嫌悪すらもふくんだ声が返った。エルはハッとした。隣に寝ているのは、イヴではない。吸血姫のペット――ハツネだ。

ならば、この場所は――そう、エルが考えたときだった。

「爆発音が聞こえたの。エチルに行かせたら、あなたが倒れていた。隣には誰もいなかった。周りにも、特になにもなかった。そして、傷は天使警察と繋（つな）がりのない治療師を呼んで治させた。料金はつけておくから、よろしく……そんなところ」

涼やかな声がひびいた。体を起こせば、ノアが刺繍（ししゅう）に飾られたソファーに腰かけている。上品に、彼女は血入りの紅茶をひと口飲んだ。黒光りする机の上には、いつもどおりのお茶会セットがある。そして、ノアは優美に首をかしげた。

「それで全部。他に聞きたいことはない。そうよね？」

一気にエルの疑問を片付けて、吸血姫はささやいた。呆然と、エルは辺りを見回す。彼女は金色の狼の毛皮の上に寝かされていた。邪魔と言うかのように、ハツネが足裏でエルのことを押している。それを無視して、彼女は自分の頭に触れた。確かに、傷はない。だが、痛みの余韻はとれないものなのか、骨の内側を揺らされるような不快感があった。強く、エルは額を押さえる。このまま思考を放棄してしまいたい。だが、絶対にダメだ。吐き気を堪えながら考えに考えて、彼女は口を開いた。

「ノア」

「なに？」

「それで全部じゃないでしょう？」

確信をもって、エルは問いかける。うす紅い目で彼女は姫をにらんだ。音もなく、ノアはカップをソーサーへともどした。そして、甘く笑う。

「やはり、エルは賢い。好きよ」

＊＊＊

ノアには話していないことがあるはずだった。

なぜならば、『なにかがなくては』意味がわからない。

敵はイヴを回収している。だと言うのに、エルだけを残したのにはなんらかの理由か意図があるはずだった。爆発現場には、それを示唆するものが残されていなければおかしい。

「教えて……なぜ、アタシだけが置いていかれたの？」

「理由はこれ」

ペラリと、ノアは茶色い紙を持ちあげた。

よく見ればそれは人の生皮を繋ぎあわせて作られていた。残酷で脆い代物だ。崩さないようにエルは注意して受けとる。読みにくいインク文字を、彼女は必死にたどりはじめた。

拝啓、天使警察の君へ。

早々にここまでたどり着いた以上、あなたは『彼のお方』に認められたということ。ならば、あなたには権利がある。世界の真実を知りたいというのならば教えよう。そして、我々と共に来る権利すらも与えよう。だが、すべてを忘れて、平穏に生きたいのならばそれも許されてしかるべきだ。ゆえに、私はあなたをここに残しておく。我々の敵か、味方になると決まったならば来るといい。だが、来なくとも、誰もあなたを責めはしない。

その決断に、幸あらんことを。

「これは……」

「おそらく、敵はエルが天使警察の裏切り者で、だから『ジェーン・ドゥ』に頼まれたのだとわかっている。ゆえに、あなたが逃げても応援は呼べず、害はないものと判断した」

迷いなく、吸血姫は語る。エルはぎょっとした。まだ、脱走の事実は広まっていないはずだ。そうでなくとも、天使警察内部の情報を、ノアが知っているのはおかしい。

低い声で、エルはたずねた。

「……アンタね。いったい、どこまで把握してるわけ？」

「最近、目を増やしたの」

涼やかに、ノアは応える。この様子では、大聖堂内にも彼女の『目』が放たれていた可能性が高い。人間の中にも、望んで美しき吸血姫の下僕となる者はいる。もしかして、ルナの位置を迷いなく教えてくれた司教こそが、それだったのかもしれない。

だが、真偽はおいておいて、エルは手紙の内容に唇を噛んだ。

これだけではわからない部分もある。

様々な謎も重なって、エルは頭の中をかき混ぜられているような錯覚を覚えた。

「ジェーン・ドゥに場所を教えられたという条件は、アタシもイヴも同じなはず……それなのになぜ、イヴのことは連れて行ったんだろう？」

「さあ？　……それで、エルはどうするの？」

「行く決まっているでしょう？」

「でも、敵はあなたひとりのことは問題視していない……だから、その場に残した」

ノアの指摘に、エルはぐっと拳を握った。確かに、そのとおりだ。

敵がエルのことを脅威ととらえているのならば、気絶している間に殺したことだろう。

生かして帰した以上、敵はエルの戦闘力を冷静に見極めて対処をしたのだと考えられる。

脅威にも問題にもならない、と。

さらに、ノアは無邪気に続けた。

「ノアも思ったの。気がつかないのなら、愚鈍に目を逸らすのなら、エルは日常に帰るべきだと……それに行っても、どうせあなたは敵わない。エルも悪魔の子も死ぬ」

「今のままだとそうでしょうね。誘いに乗り、味方の振りをして潜入しても結末は同じだ」

「ええ、結局は殺されるだけ。それでもいいならお行きなさい」

無駄死にでも、墓に薔薇は供えてあげる。

そう、吸血姫はくすくすと笑った。まるで他人事だ。その姿を、エルはじっと目に映す。

ノアから見れば、さぞかし、エルは追いつめられているのだろう。確かに、そうだ。同胞にも、上司にも頼れない。天使警察という勢力は味方にできず、バディは囚われている。いるのは、自分ひとりだけだ。

だが、まだ手はあった。

エルは息を吸って、吐く。これだけは使いたくなかったのだが、しかたがない。

そう覚悟を決めて、エルは口を開いた。

「勝てる」

「無理ね」

「勝てる……ノア、アンタたちが力を貸してくれれば」

震えを殺して、エルは言いきった。

吸血姫は血色の目を細める。不可解そうに、高貴たる者は他種族へとたずねた。

「ノアが、なぜ、あなたを助けなければならないの？」

「昔からの知りあいでしょ？」

「それだけで、ノアが動くわけがない」

「いいえ、動いてもらう。絶対に」

「死にたいのかしら？」

「ここで終わるつもりはないけれども」

「ならば、天使ごときが身のほどを弁(わきま)えよ、エル・フラクティア」

氷のような声がひびいた。一瞬、エルの心臓は止まった。その短い間に、十回は殺されたものと、体が勘違いをしたのだ。胸を貫かれ、羽を切り落とされ、全身を裂かれた気がした。口を押さえ、エルは喉元までこみあげた胃液を飲みこむ。

親しみと幼さのヴェールを脱ぎ捨てて、ノアは高貴に告げた。

「私は許されない」

「――貸しにする」

きっぱりと、エルは言いきった。

おかわりの紅茶を淹れにきたエチルが、驚愕にポットをとり落とした。ガチャンという音とともに芸術品に近い値段の陶器は割れる。血のような染みが広がった。それを片付けることも忘れて、エチルは一歩後ろにさがる。ハツネもまた、あんぐりと口を開いていた。

数秒の沈黙がおりた。やがて穏やかな声で、ノアは無表情に問いかけた。

「……意味は、わかっていて？」

「わからないわけがないでしょ」

エルは応えた。冷や汗が全身を伝う。鼓動は悲鳴を刻み、目からは涙があふれかけた。気を抜けば、撤回の言葉が嘔吐物とともに飛びだしかける。冗談だ。どうか許して欲しいと。必死になって、エルはそれを押さえつけた。ここで折れればそれこそ完全な終わりだ。

努めて、なんでもないことのように、彼女は笑う。

「吸血鬼との契約は絶対。今後は、アンタの気まぐれひとつで、アタシの肉体どころか魂すらもどうにでもなる。指を鳴らされれば心臓が弾け、そうと命じられれば魂ごと消滅する。それでもいい。代わりに、力を貸して」

「どうして、そこまでするの？」

澄んだ美しさがあった。だが、エルの緊張は高まるばかりだ。ここで、彼女の答えがノアの気に障ればそこで終演だろう。イヴの生存の可能性と事件の真相が潰(つい)えるだけではない。エルという存在の幕自体が強制的に落とされる。

それでも、彼女は迷いなく答えた。

「イヴが大事なの」

「……そう」

「命も魂も懸けられないで、なにがバディよ」

エルは断言した。一連の事件の闇を暴くことも世界の真相も重要だ。だが、今最も守るべきは危険に晒(さら)されている悪魔の命だった。同時にこれで失敗でも後悔はないなと思った。

最後の最後まで自分はあの悪魔のバディだ。

それだけは、曲げられない。曲げたくない。

「…………心はわかった。ならば、チャンスを授けよう」

淡々と、吸血姫は遥か高みからつぶやいた。

エルは拳を握る。少しだけ、断頭台の刃(やいば)が落ちるのを先に延ばすことができた。

ノアの言葉を聞いて、エチルは慌てて走りだした。しばらくして、彼女は畳んだ紅(あか)い布を——頭上に掲げながら——運んできた。そこには『始祖』の横顔を刻んだ、鈍い金色のコインが載せられている。重量のある一枚を手にとり、ノアはいつもの調子でほほ笑んだ。

「簡単なゲーム。人間も、よくやるでしょう？」

エルはうなずいた。同時にこれは人間のやるものとは違うことも承知していた。ノアは、エルが『貸しとするにふさわしい』、強者か否かを試そうとしている。

ぴんっと、彼女はコインを弾いた。くるくると、それは宙を回る。かと思えば、ジグザグに飛びはじめた。魔力を通すことで可能となる動きだ。複雑な移動をくりかえしたあと、ソレは掻き消えた。その行く筋を、エルは見つめ続ける。少し笑って、ノアは問いかけた。

「さて、教えて。コインはどこ？」

まちがえれば、自分は死ぬのだ。

そう、エルは細く息を吐いた。勝てる可能性は少ない。吸血姫は表か裏かの二択の問いかけにすら絞ってはくれなかった。緊張と恐怖で、汗が全身を伝う。もう、頭と体が切られ、離されたようにすら感じられた。自分がちゃんと正解を当てられるか、自信などない。

だが、エルは己の限界まで張りつめさせた勘を信じた。

彼女は天使警察エリートだ。

負けられない勝負には勝つ。


「そこ」

エルは言い、フォークを手にとった。カップケーキを割る。中からどろりと紅が零れた。

ちゃりんっと、コインが零れ落ちる。

重い、沈黙が続いた。ノアも、エチルも、ハツネも、誰も動かない。やがて、ノアはふうっと短く息を吐いた。少しだけ恥じらうように己の頰に片手を当てて、彼女はささやく。

『楽しいのは続くといい』……そう言ったのは、確かにノアだものね」

「じゃあ！」

「貸しは貸し。こちらに来て」

甘く、ノアは手招いた。指示に、エルは従う。吸血姫の前まで、彼女は大人しく進みでた。そのまま、従者のごとく自然と跪く。流れるような動きで、エルは左手を差しだした。いい子ねと言うように、ノアはほほ笑んだ。そっと彼女はエルのてのひらをとり、口を開ける。カプリと薬指を噛んだ。少量の血を吸って、ノアは代わりに己の魔力を流しこむ。

瞬間、エルは魂と心臓に、ノアとの間の繋がりができたのがわかった。己のすべてに所有印を刻まれたようなものだ。征服されていく異様な感覚に、エルは唇を噛んで耐える。

口元を紅く濡らして、ノアはささやいた。

「契約は結ばれた……そして、誇りなさい」

するりと、ノアは白い手を動かす。黒いドレスに包まれた胸に、彼女はてのひらを押し当てた。血のように紅い目を光らせて、ノアは唇を歪める。歌うように、彼女は宣言した。

「たかが天使ごときのために、この私――吸血姫、ノアがでよう」

エルはうなずく。彼女にはちゃんとわかっていた。

それは、まるで、星を落とすかのような、
稀なる幸運であり、奇跡でしかなかった。

＊＊＊

岩山を、エルは糸に気を張りながら歩いた。

ふたたび、遺跡の近くまでやってくる。

ノアはといえば自分では歩かず、エチルに抱えられていた。さらに日傘のおまけつきだ。たまに飽きてシアンのほうに移ったりもしている。戦闘力がないためハツネはお留守番だ。三人が出立する際、彼女はそっぽを向いて『私の夕飯までには帰ってきなさい』と言っ

だが、無事に、今は遺跡に着いている。

門前には、番兵の使い魔が現れていた。

「なるほど……確かに、これはキツイ」

思わず、エルはつぶやいた。門の前には、二匹のゴーレムが腕を交差させて立っている。高位魔術と多数の生贄を用意しなければ造れない、命なき岩の巨人だ。その体躯は大人三人分程度はあった。巨大な質量からくりだされる攻撃はすさまじいものがある。なにより問題なのはその強度だ。エルが彼らを倒すには迫撃砲を使うしかなかった。それでは中に入ることもなく、力を使い果たしてしまうことになる。だが、その心配はいらなかった。

チラリと、エルはノアに視線を向ける。

「問題ない。そうでしょ？」

「正解。このノアにとってアレが問題になるのかと疑えば、その首は落ちているから」

そう言って、ノアはエチルの腕から降りた。木によって、日差しが遮られた位置に立つ。

エルは遺跡の入り口を確認した。そこはちょうど岩山の陰になっている。好都合だ。

立地条件が、吸血姫の妨げになることはない。

パタパタと、メイドたちはふたりがかりで、吸血姫の乱れを直した。エチルは軽やかにフリルを整え、シアンは慎重に髪を梳く。お色直しはすぐに終わった。

そうして己のスカートの裾をつまみ、ふたりは美しいお辞儀を披露した。

「お好きなように、どうぞ、お嬢さま」

「行ってらっしゃいませ、ご主人さま」

エチルは楽しそうに、シアンはまじめに告げる。

ふたりのメイドに対し、ノアは背中を向けた。その翼が、わずかに動く。

「はじまり、はじまり」

ノアの姿は掻き消えた。

瞬間、ゴーレムは首をかしげた。なにか、違和感を覚えたようだ。

同時に、その顔が横にズレた。胴体も、腕も、足も、斜めに滑り落ちていく。八分割されて、ゴーレムはただの岩へと還った。ガラガラガラッと轟音を立てて、彼らは崩れ落ち、積み重なる。あとにはまともな形をなさない、単なる瓦礫の山だけが残された。

予想していた光景とはいえ、エルは言葉を失った。同時に、冷や汗が頬を伝っていく。

ゴーレムを輪切りにできる者など、いるものか。

この吸血姫以外に。

「灰は灰に。塵は塵に、岩は岩に」

羽をピッと振り、ノアはついた砂を払った。そのダイヤモンドに似た硬度をもつ皮膜で、彼女はゴーレムを切り裂いたのだ。残骸を冷たく見下ろして、ノアは高貴につぶやく。

スッと、彼女は顔をあげた。後に続きながら、エルも遺跡の奥を覗きこんだ。澱んだ暗闇に火が灯る。術師や怪物たちが、予想外の存在の登場に対して驚きと嘆きの声をあげた。

「話が違う！　なぜ、あの吸血姫が！」

「孤高の種族ではないのか！　全力の迎撃準備を……」

震える声で、彼らは叫ぶ。動かない山が動いたのだと、術師たちは察しているのだ。

唇に指を当てて、ノアはおっとりとつぶやいた。

「そう……別に、どっちの味方をしてもいいのだけれど」

「コラコラ、アンタね。アタシは本気で勝ったし、本気で貸しにしたんだから」

「ええ、わかってる。冗談よ……だって、ね」

ふたたび、ノアの姿は掻き消えた。気がつけば、彼女は敵の群れの中に立っている。悲鳴とともに、剣や黒魔法が放たれ——ることすらなかった。抵抗の機会すら与えられない。

吸血姫の背中の白い羽が広がる。

月光に似た夜の象徴は、するりと辺りを撫でた。


それで、終わりだ。

人間の怪物の獣の、

すべての首が飛ぶ。

「おまえたち、とっても退屈なんだもの」

血が空へ噴きあがった。ゴロゴロと頭が転がる。粘つく血が、洞窟内を鮮やかに染めあげた。一拍遅れて、どしゃりと死体が地面に倒れる。ぽたり、ぽたり、と血の雨が降った。

それをてのひらで受けとめて、ノアはつぶやいた。

「傘を持ってくればよかった。だって……」

紅(あか)い雫(しずく)は、まだ、降るもの。

そう、彼女は目を光らせた。

＊＊＊

それからあとのできごとは、決まりきった物語をなぞるかのように進んだ。目の前に広がる光景は、蹂躙(じゅうりん)と呼ぶほかにない。一定の距離を空けてついていきながら、エルは思う。

死が、進んでいく

殺戮（さつりく）が、鏖殺（おうさつ）が、虐殺が、

形をとって、ここにある。

人間が、術師が、魔獣が、使い魔が、怪物が、みんな、翼でひと撫（な）でされるだけで、死んだ。様々な装飾がほどこされた洞窟内は、等しく、均一な紅色で塗り潰されていく。

ひどく、エルはゾッとした。コインを当てることができなければ、彼女こそがそうなっていたのだ。外れた先に、命はなかった。同時に、エルは身を焼くような焦燥に駆られた。

（……どこにも、イヴの姿がない）

彼女のバディは見つからなかった。

奥へ奥へと、エルとノアは進んでいく。抵抗する者はすべて殺した。単身で逃げた者は、おそらく二度ともどらないだろうとわかった。ある意味で、それは事件の細部を塗り潰していくような行為でもあった。だが、吸血姫は容赦をしない。虐殺を止める術（すべ）を、エルはもたなかった。今は、こうして手が入れられていくことで、新たな被害が生じなくなる道を選ぶしかない。また、エルはイヴを探し続けた。抵抗をものともせず、ノアは進む。

だが、青錆色（あおさびいろ）の地底湖脇で、急に足を止めた。

金属をふくんだ水からは、嫌な匂いがする。それを鏡として意識しているらしき位置に

両開きの扉があった。『女王』と『聖母』の見事なレリーフを仰いで、ノアはささやく。

「ここまで」

「えっ？」

エルはまばたきをする。

ふうっと、ノアは息を吐いた。彼女は歌うように告げる。

「奥の気配はふたり。そして、退屈な駒たちはこの部屋を守るために動いていた。逃げた者は、他に誰も連れずに身ひとつで転がり出た。だから、中には悪魔の子と主犯がいるはず……いなければ、わかるでしょ？　悪魔の子のほうはもう死んでいるということ」

無慈悲に、ノアは断言した。だが、確かにそうだろうなと、エルも思った。

この吸血姫は、単体で敵勢力の壊滅を果たしたのだ。もう、生きている者など、この部屋の中にしかいない。つまりは、ここにいなければ、イヴは死んでいるということだ。

だが、明るく、エルは応えた。

「生きてる。アタシはバディを信じるから」

「そう……それじゃあ、ごきげんよう」

「主犯は倒してくれないわけ？」

「天使の肉体と魂程度じゃ、ここまで」

涼やかに、ノアは応える。

でしょうね、とエルは肩をすくめた。彼女とて本気でたずねたわけではない。

不遜を咎めることなく、ノアはくすりと笑った。そして、楽しそうに続ける。

「それにね、エル」

「なに？」

「お姫様は、英雄(ヒーロー)が迎えに行くものだから」

ふふっと、彼女は小さく吹きだした。そのまま、ノアはエルを見つめる。

思わず、エルはぽかんとした。けれども、すぐにニッと笑い返す。

その喩(たと)えは、悪くない。


「上等！」


応えて、エルは扉に両手をかける。

そして重い岩の板を押しはじめた。


エルには予感があった。

すべてが明らかになるのか、葬られることになるのかは、わからない。

どちらにしろ、この扉の向こう側にこそ結末がある。一連の事件は、深い闇は、この先へと繋(つな)がっていたのだ。同時に、それは覗(のぞ)きこむべきではないものでもあった。

暗い深淵（しんえん）は、目に映してはならない。

それでも彼女は迷いなく扉を開いた。

お姫様の英雄（ヒーロー）になるために。

己のバディをとりかえすために。


「イヴ！」

エルは名を呼ぶ。

そして、広間に。


明かりが灯（とも）された。

「イヴ！」

ふたたび、エルはその名を呼んだ。同時に、駆けだす。

扉の向こうには円形の巨大なホールが広がっていた。その壁はつるりとしていて滑らかだ。だが、床と癒着した部分は得体の知れない素材で造られている。頭上には月を模した灯りがかがやいていた。それに照らされていつかのようにイヴの肌はほの白く光っている。

だが、無傷なわけではない。

十字架に、彼女は張りつけられていた。てのひらは釘に貫通され、紅い血が流れている。だが、胸は緩やかに動いていた。

イヴは息をしている。

「生き、てる」

細く、エルは安堵の息を吐いた。怪我はしている。だが、最悪の事態は避けられた。

同時に、彼女は視線を動かした。ノアの話では——ここには敵たちの守ろうとしていた者が——恐らく主犯がいるはずだった。そこでエルは気がついた。ホールの隅には脈絡なく書きもの机が置かれている。その上で、年端もいかない少女が羽根ペンを動かしていた。

藁色の短い髪に大きな目をした幼い姿。

それに動揺を覚え、エルはつぶやいた。

「子供？」

「ふう、終わり」

パタリと、彼女は羽根ペンを置いた。人間の生皮で作られた用紙を、少女はもちあげる。そして、いい笑顔でうなずいた。自身の記した文章を目で追って、彼女は声を弾ませる。

「満足な遺言状が書けました！」

「は、あ？」

「さて、あとは吸血姫がここにまでたどり着く前に『混ざり物』の始末をしなければ……こうやって掲げておいたのに、結局、天使の君は来なかったなぁっ、て……うわあっ！」

その独り言の間に、エルは彼女へ接近している。それにようやく気がついたのか、少女は大声をあげた。彼女は椅子ごと後ろへ倒れる。なにもかもが大袈裟(おおげさ)すぎて、まるで喜劇を主題にした小芝居のようだ。イタタタとわざとらしい仕草で、少女は腰をさすった。

「……なんだ、もう来ていたんですね……って、あれ？　吸血姫のほうは……いない？おや？　おやおやおやおやあ？　状況が変わってきましたねぇ」

「アンタが、イヴをあんな風にしたのか」

音もなく、エルは少女の額に拳銃を突きつけた。主犯が幼い子供だとは俄(にわ)かには信じ難(がた)い。だが、人間の生皮の使用や言動から察するに、中心人物はこの娘でまちがいなかった。ならば、容赦はしない。

エルは銃口を幼い肌に押し当てる。ぱちくりと、少女は大きな目をまばたかせた。やっと現状を理解したらしい。一気に、彼女はその顔を青褪めさせた。凶悪な武器を前に、少女は両手を組みあわせる。泣きながら、彼女は懇願をはじめた。

「ごめんなさいごめんなさい、許してください！」

「謝って許されることと、許されないことがある」

そう、エルは口にした。同時に、彼女は脳内で計算をはじめた。

外に逃げた残党は極わずかだろう。また、彼らは吸血姫への恐怖から、二度と表舞台には現れないだろうと予測ができた。ならば、情報源は貴重だ。背後関係を探る必要がある。

この少女は生かして捕らえるべきだ。一連の事件の闇を、聞きださなくてはならない。

そう、理解しながらも、エルの勘は叫んでいた。

殺せ。

正しい選択は、それだけだ。

「悪いけど、機会は逃さない」

「えっ、う、そ…………ッ！」

エルは引き金を弾いた。パァンッと幼い子供の額を撃ち抜く。可愛らしい顔面は大きく抉れた。銃弾は後頭部を破壊しながら抜ける。ぶるぶると震えたあと、小さな体はとさりと横へ倒れた。粘つく血が広がっていく。びくっびくっと、少女の体は生々しく痙攣した。

隣に座るとその脈を計って、エルは絶命を確実に見届けた。首を、横に振る。

苦い気分を噛みしめるのはあとだ。イヴを助けなければならない。

主犯の射殺という重荷を背負いながら、彼女は立ちあがろうとする。

「どうぞ」

「どう、も」

手を貸されて、エルはそれを掴んだ。同時に、言葉を失う。

目の前には、先ほど殺したはずの子供が立っていた。

後ろへ、エルは大きく飛び退いた。本能的に照準をつけ、発砲する。彼女は子供の心臓を的確に撃ち抜いた。即死を確信すると、エルは瞬時にその体から目を離した。死体のことなどどうでもいい。問題はこの奇妙な仕掛けの正体だった。にらむように、エルは辺りを見回す。すると壁の一部が生物的に蠢いた。ぐぱりと、そこは粘液を垂らしながら開く。中から、あの子供がでてきた。首を鳴らして、彼女は感心したように声をあげる。

「いやはや賢いなぁ。一回目もですけど、二回目は特にです。凄いですよ。すぐに、死体を『意味のないもの』として切り捨てましたね。判断が早い！　でも」

「くっ！」

歯噛みしながらも、エルは発砲を終えていた。だが、パキンッと、なにかが凍りつくような音が鳴る。弾丸は静止していた。透明な腕によって、ソレは空中で止められている。

その様をにこにこと眺めながら、幼い子供は続けた。

「もう当たりません。僕はか弱き人間種族ですが、その分、魔術の心得はありましてね……吸血姫相手には、子供の体も全滅させられるものだと覚悟していましたが、あなた相手なら大丈夫ですね……『機会』を活かせなくて残念だし、かわいそうですね、天使の君」

「どの口が」

「そうあなたは言いますけど、僕は本当に悪いと思っているんですよ」

しょんぼりと少女は唇を尖らせた。いじいじと、彼女は床を蹴る。

その間にも、透明な腕は弾丸を投げ捨てた。それを蹴り遊びながら、少女は続ける。

「最初から、天使の君のことは巻きこんでしまいましたからね」

「ん？　犯人はなんらかの呪術の材料にでもするために天使と悪魔の死体が欲しくて、アタシとイヴを狙ったんじゃなかったの？」

「ああ、そう思ってたんですか。いえ、違いますよ」

そこで少女はイヴを軽やかに指さした。

侮蔑をふくんだ口調で、彼女は告げる。

「僕たちが殺したかったのは、その『混ざり物』です」

あなたのことなんて、どうだってよかったんですよ。

＊＊＊

「『混ざり物』？　なにを言って」

「あれれ、知らなかったんですか？　まあ、コレにも自覚はありませんでしたからね。ただ、おかしなところはあったはずですよ？」

主犯の言葉にエルは霧が晴れていくような錯覚を覚えた。あるいは濁った氷が割れて澄んだ水面が覗くかのようだ。今までに覚えた様々な違和感や疑問点が次々と氷解していく。

黒き炎を目に宿し、白い羽をもった、聖と邪の混合魔獣。

聖属性の呪文で焼けはするが、爛れるまではいかない肌。

シャレーナ署長は、何故、彼女の両親を気にしたのか。

優しかったというイヴの母親は、どうして嘘をついたのか。それは『軽装を好む天使でも、なかなか選びはしないほどの』きわどい格好をさせることで、イヴをより悪魔らしく見せようとしたのではないか。

そのすべてが、ひとつの答えを示している。

「そう、コイツは天使と悪魔の混血！　存在自体が五重奏への冒涜なんですよ！　しかも、両親は女王に仕えていたふたりだとくる！　いつか、その特異な姿が女王の目に留まるかもしれない！『彼のお方』を差し置いて！　そんなことは許されない……だから、僕は逃げ足の速いコイツを確実に殺すため、計画を練ったんです」

「ちょっと待って……女王？」

また、女王だ。

意味がわからないと、エルは目を細める。

その存在は、天使と教会の掲げる崇拝対象だが、実在はしないはずだ。あくまでも架空の尊き象徴である。だが、主犯や術師たちは、その名前を本当にいるかのように口にした。いったいなんなのか。エルは疑問に駆られる。その前で、主犯は手を打ちあわせた。

「ああ、そういえば、あなたは世界の真実を知りませんでしたね！」

何故か、主犯は表情を明るくかがやかせる。それは不出来だが、熱心な教え子を見つけたときの顔だった。そうして内緒話をするように、彼女はわざとらしく声を殺して続けた。

「教えてあげますよ」

この世界は、匣庭なんです。

ただひとりの女王のための。

＊＊＊

ここは匣庭（はこにわ）。

女王はひとり。

やがて、民は知る。

千年の安息が続いた幸福と、幸運を。


女王がいた。彼女は自分だけの匣庭を生みだし、五つの種族とその代表を作った。

五つの種族は、女王に贈り物をして、世界の統一を希（こいねが）った。

天使の神様は『秩序』を。悪魔の魔王は『混沌（こんとん）』を。吸血鬼の始祖は『孤独』を。人間の聖母は『平穏』を。獣人の狼王（ろうおう）は『安寧』を贈った。

だが、女王はどれも受けとらなかった。

だから、世界はひとつに定まらなかった。

故に、匣庭の中で種族たちは共生をしている。

だが、千年ごとに贈り物の儀は行われる。そこで、女王がひとつを受けとれば他は滅びる――だから、どのように生きようと、結局はすべて、
児戯にすぎない。

「これが、世界の真実です」

目の前に突きつけられ、エルは知る。

ようやく、術師たちの言っていたことに納得がいった。

ふたりともが、この世界の真実についてを口にしていたのだ。

また、同時に、シャレーナ署長の謎についても合点がいった。

何故（なぜ）、彼女は『逃げ羽根のイヴ』に固執したのか。それは、主犯たちと同じ理由だろう。

だが、イヴには両親の記憶がほぼなかった。そのため、女王と接触する機会はないものと判断し、エルとのバディを解散――主犯たちに殺されようが別にいいと放りだしたのだ。

さらに、シャレーナ署長はおそらく世界の真実についても知っている。

『女王の栄光は、我々とだけともにある』

『【そちら】の関連か。だが、どこの』

これらは五種族の真の関係を知っていて、口にしたのだ。犯人と同じ言葉になったのは、この真実を知る者の間では己の種族に栄光が与えられることが共通の悲願だからだろう。

だが、と、エルは目を細める。

だから、どうした。

「それが世界の真実だったところで、なにが変わるっていうの？　千年の贈り物の儀で、どれかが選ばれるまで、アタシたちは日常を紡ぐほかにない。そうじゃないわけ？」

「にっぶい天使だなぁ、あなたは！　わからないんですか？　しかたがないなぁ！」

ケッと、主犯は唾を吐き捨てた。愚鈍な豚を前にしたかのように、彼女は蔑みを露わにする。続けて主犯はらんらんと目をかがやかせた。子供らしい弾んだ声で、彼女は訴える。

「考えてみてくださいよ！　選ばれさえすれば、今まで、人間という種族が舐めてきた辛酸も、屈辱も、苦痛も、すべてがきれいに裏返るんですよ！　そのためには、できること、しなければならないことが色々とある……次の千年はもうすぐだ。そして我々、人間は、『聖母』を越える、代表にふさわしき人を手に入れた！」

「ジェーン・ドゥ、か」

苦く、エルはつぶやいた。主犯が呼んでいた『彼のお方』とは彼女のことだ。

また、ジェーン・ドゥとリリスが言っていた——教会勢力は、此度の事件を暴きたくない。ジェーン・ドゥの立場が危うくなるかもしれないなどの——内容は、このことを指していたのだろう。確かに目の前にいる少女は、紛れもなくジェーン・ドゥの狂信者だった。

「彼女の贈り物こそを、女王は受けとるでしょう！　ですが、道はより完璧なものにしなくてはなりません。そのために、我々は混ざり物を殺そうとし、始祖も狙ったのです……まあ、後者は無理がありましたがね。それでも使い捨ての駒はいくらでもありましたから」

そう、主犯は死んだ術師のことを嘲笑った。

同時にエルは理解する。痛いほどに、彼女にはその気持ちが理解できた。

できてしまった。

ぼろぼろのルナの姿や、捨て置かれた事件、天使警察の歪(ゆが)んだ笑顔が、頭に浮かぶ。

獣人の扱いの悪さや、天使の高慢さ、悪魔の残忍さ、吸血鬼の過去の事件から、エルも思い知っていた。ならば、当事者たちはより考えるだろう。


術師が死のうと。

自身が死のうと。

他者が死のうと。

人間を殺そうと。


すべては尊き犠牲にすぎない。

だって、人間という種族のためなのだから。


「ある意味、アンタたちも被害者で、英雄(ヒーロー)か」

「違う！　英雄(ヒーロー)はジェーン・ドゥさまだ！　彼女が僕たちを救ってくださる！」

唾を飛ばして、主犯は恍惚(こうこつ)としゃべる。

悲しく、エルはそれを受け止めた。自分でも気がつかないうちに、この少女は壊れきっている。何故ならばすべてはか弱き人間のためであったはずなのに。それなのに自分たちと同じ者を犠牲にして、不確定な未来を、確かなもののように思いこんでいるのだから。選ぶ者は、少女ではないのだ。ならば、どれだけ贄を積もうが、絶対などない。

それを哀れと言わないで、なんと呼ぼう。

エルの同情に気づくことなく、主犯は嬉々として続けた。

「そして、ジェーン・ドゥさまに、あなたは信頼された。ならば、資格があります。『混ざり物』を、生かしておくことはできません。存在自体が冒涜だから。けれども、あなたは僕と一緒に来てもいいですよ。他の種族が全滅するのを、共に眺められるよう、きっと、ジェーン・ドゥさまが計らいを……」

「黙れよ、小娘」

断頭台の刃を降ろすように、エルは言い放った。

ふっと、主犯の顔から表情が消える。

それを見ながら、エルはどうでもいいと思った。女王のことも。世界の真実も。

種族の悲願はわかる。最下層の悲しみはとてつもなく深い。

すべての惨劇は、今まで積みあげられてきた、様々な悲劇に基づいていた。たとえば、かつて行われた悪魔の暴虐。吸血鬼による捕食。天使警察による無視。獣人による嘲笑。

それでも、決して忘れてはならないのだ。

「許されることと、許されないことがある」

人を殺して
踏みにじって、
正義を謳うこと。
それが悪でなくてなんなのか。

「アタシは天使警察エリート、エルだ。事件には幕を引く」

惨劇は悲劇は誰かが終わらせなくてはならない。

そのために秩序はあり、そのために正義はある。


そして重要なもうひとつ。

「アタシの、バディを返せ」


イヴは『混ざり物』ではない。

彼女はイヴだ。

エルにとって唯一の、大切なバディだった。

それを、蔑ろにされて、虫のように殺されてたまるものか。

「世界の真実がなんであろうと、アタシはやるべきことをやるから」

すべてを終わらせ、大切なものを救うために、エルはここにいる。


アヒルのように主犯は唇を尖らせた。少女らしい激しさで、彼女は気分を変えたらしい。主犯は銃弾をイライラと踏みにじったあと、蹴り飛ばした。続けて、彼女は指を鳴らす。

「それじゃあいいよ。もう、あなたの好きにしたらいいよ」

イヴの両手から釘が抜ける。からんと、ソレは床を叩いた。どろり、血が零れる。腕が、だらりと垂れさがった。だが、倒れることはなく、そのままイヴはまっすぐに立ち続ける。

そして、イヴは顔をあげた。
「好きに殺しあったらいいよ」
うす紫色の目の中に、
強い殺意が、灯った。

「……イヴ」

その名をつぶやき、エルは身構える。

ゆらりと、イヴはエルの前に立った。明らかに様子がおかしい。操られているようだ。

かがやく銃をかまえながらも、エルは撃つのをためらった。なにせ、相手はイヴだ。傷つけたくなどない。それに、現在のイヴには戦闘能力はなかった。召喚能力を使用するには術師の意志が必須なのだ。今の彼女ではなにも呼べないだろう。ならば、脅威ではない。イヴにはかまうことなく、主犯のほうを行動不能にして洗脳を解かせるべきだ。

エルはそう判断をくだした。だが、主犯は告げる。

「甘いな……天使の君も、大切な相手の前では判断が鈍るんですね」

「なんとでも言え。必ず、アンタを」

「見ればいいですよ、本当の『混ざり物』の怖さを。見せてあげますよ、高等種族である——僕らを虐げてきた、天使のひとりであるあなたには。そうして、茶番のような友情よりも恐ろしいモノがあることを知って——どちらかが死ねばいい」

幼い顔で、主犯は醜く嗤う。

同時にイヴが泣きだした。音もなく、彼女はほろほろと涙を零す。イヴらしくもない

——その紫水晶の瞳にふさわしい、神聖な泣きかただった。合わせて、彼女の羽が蠢いた。

ぐっと、エルは恐怖に息を呑んだ。

夜が訪れたかのように、黒が広がる。

闇はどろりと空間を塗り潰し、月に似た光を遮った。さらに、イヴの背中からはどっと血が噴きだした。ビシャビシャと経血にも似た、塊の混ざった紅が両足を伝って広がる。

異常事態を前に、エルは叫んだ。必死に、手を伸ばそうとする。

「イヴ!」

しかし、駆け寄ることはできなかった。

イヴの背中からは、もう一対——白い羽が生えていた。純白の翼が、血にしっとりと濡れながら輝いている。黒と白、蝙蝠の皮膜と鳥の羽毛。聖と邪。そのふたつがイヴの体を極限まで侵しながら、広がっていた。ふたつは小さく震え、また脈動もしている。

圧倒的な威圧と、感動的なほどの神々しさと禍々しさに、エルは眩暈に襲われた。

その様は美しく、

その様は邪悪で、

その様は神聖で、

ひどく冒涜的だ。

エルは悟る。こんなモノは、確かにあってはならない。

また、女王にコレは絶対に知られてはならなかった。女王がこの個体を知ったならば

五種族の脅威になりかねない。この新しい生き物はもっとも選ばれかねない存在であった。

コレは新しい生き物だ。(なれば、存在してはならない)。コレは今まで存在しなかったカタチだ。(なれば、五種族を脅かす)。これは五種族の得られなかった、一種の到達点だ。

(なれば、殺せ!)。


天使としてのエルの本能が叫んでいた。

殺せ、殺せ、殺せ。生かしておくな!


その衝動の強さには、逆らえそうにない。拳銃を掴んだまま、エルは呻いた。

同時に、意識はないままに、イヴが動きだした。彼女は白と黒の光を編みはじめる。母なるものとして、イヴは召喚ではなく、圧倒的なナニカを創ろうとしていた。

否応なく、エルは悟る。アレが完成すれば、すべては終わりだ。

みんなが、みんなが、みんなが死ぬ。

五種族は殺される。

だから、殺せ。殺せ!

それが、みんなの、天使のためだ!

「……でも、それはアタシのためじゃない」

エルはつぶやく。それでも、天使としての殺意は、彼女の意識を確実に削りとりつつあった。同時に、エルは悟る。操られて力を引きだされたせいか、今のイヴは無防備だった。攻撃面に意識を割きすぎて、防御が疎か（おろそ）になっている。ならば、弾丸だけで殺せるだろう。

それが正解だ。天使は秩序を重んじる。この混沌（こんとん）を生かしておくわけにはいかない。コレを生かすことはすなわち天使に害をなすことだ。今こそ正義とはなにかを考えるべきだ。

殺すしかない。殺すのだ。

殺せ！

「駄目だ……もう、抗（あらが）えない」

エルは拳銃をあげた。本能が言う。これでいいのだ。これがみんなのためで、五種族のためで、世界のためで、匣庭（はこにわ）のためだ。千年続く安寧と安息のためだ。それの続く幸運を望むならば、撃つしかない。わきまえろ。今、おまえの撃つ銃弾はおまえの命よりも重い。

けれども、それは、あの悪魔の、
たとえば、ちっぽけな言葉より、
本当の本当に、重いものなのか。

――私も、エルさんと一緒にいたいです。

あの悪魔の信頼を、
裏切るに値するものなど、
この世界のどこにあると？

「最初に、アタシが、言ったんだ……バディは信頼が重要……」

それに、イヴは応えてくれた。同じ言葉を返してくれた。

ひとり戦う日々の中、それがどれだけ嬉しかったことか。

エルは歯を噛みしめる。奥歯が砕ける。血が溢れる。それを飲みくだし、言葉を続ける。

「でも、このままだとアンタを殺してしまう……ちょっとさ……流石に、無理だ……だからさ。アンタは怒るだろうけど……アタシは、こうする」

瞬間、エルは銃口の向きを切り替えた。それを自分の額へ押し当てる。主犯がなにかを叫んだ。なぜ、そこまでしてと言っているらしい。エルは思った。知るものか！　止めろ、『混ざり物』を殺せと本能が騒ぐ。知るものか！　殺害がみんなのためだ。知るものか！

匣庭が。

知るものか！

なにもかも、全部知るものか！

確かなことはひとつだけ。

「アタシは、イヴが大好きだ！」

だから、エルは、

引き金を弾いた。

＊＊＊

夢を見る。

白くて、曖昧で、きれいな夢を。

目の前には、美しい人が立っている。彼女は人間でも、獣人でも、悪魔でも、吸血鬼でも、天使でもない。もっと尊く、万能で、超常の生き物だ。ようやく、エルにはわかった。

彼女こそが女王陛下だ。

匣庭(はこにわ)の主人なのだった。

何故(なぜ)、その人が自分の前に立っているのかは不明だ。だが、どうでもよかった。

もう、おしまいだ。これで、終わりなのだから。頭を撃ち抜いて、エルは死ぬ。

ひとり、孤独に。

それが、悲しい。

だってひとりは、
とてもさみしい。

そこで美しい人はささやいた。今までで初めて、彼女は慈愛と優しさをもった声をだす。

――ねえ、あなたはなにを願うの？

――ねえ、あなたはなにを望むの？

望みはある。

願いはある。

夢がある。

本当は、

「アタシは、誰かと一緒に生きたかった」

天使警察の中で孤高を貫きながら、ひとりで戦いながら、それが本当のエルの夢だった。たったひとつの、とてもちっぽけな、心底どうでもいいような、さみしい子供の夢だった。

けれども、それはもう叶(かな)わない。

そんなことすら、叶いはしない。

そのはずが瞬間、女王は笑った。

――――その願いは、値する。

――――確かに、聞き届けた。

瞬間、エルの目の前で膨大なナニカが弾(はじ)けた。女王。匣庭(はこにわ)。安息。安寧。民。五種族。人間。獣人。天使。悪魔。吸血鬼。贈り物。五つの贈り物。誰か。空の玉座。血濡(ぬ)れた冠。

電撃的にエルは悟る。ちがう、と。千年ごとにくりかえされる、贈り物の儀。世界の真実はそれだけではない。もっと恐ろしく、歪んだ事実が隠されている。それこそエルの世界が変わってしまって、二度と戻らないような。けれども問いかけることはできなかった。

言葉は失われている。

女王はほほ笑むばかり。

そして。

――もどりなさい、あなたには権利がある。

――もう、泣いても、笑っても終わらない。

なにがと聞くことはできなかった。

視界が復活する。夢は幕を閉じる。

そして気がつけば、エルは立っていた。

あの円形のホールの中に。

拳銃はうすく煙を吐いている。確かに、エルは撃ったのだ。

だが、それを外させた者がいた。銃身を掴み、誰かが射線をズラしたのだ。エルは自分に抱きついている相手を見る。その目の中に、意志の光はまだもどってなどいなかった。

それでも、ハラハラと泣いている。必死に、涙を流し続けている。

しないで。彼女の唇が動く。しないでくださいおねがいだから。
だいすきですから、どうか、どうか、わたしのために、しないで。
ひとりに、しないで。

馬鹿なと、主犯がつぶやく。それを無視して、エルはイヴをやわらかく抱きしめた。

そうしてささやく。

「捕まえた、イヴ」

以前に、彼女の言ったとおりだった。

ひとりより、ふたりのほうが温かい。

＊＊＊

「馬鹿な、馬鹿な、馬鹿な！　どうして自分の意志で動ける？　どうして？　こんなのはおかしい。計算外だ。吸血姫以上に計算外だ！　どうして、おまえはソレを始末しない!?」

白い髪を揺らして、エルは振り向く。なにが起きたのかは、彼女自身、理解はできていない。だが、天使としてのイヴに対する強大な殺意は消えていた。イヴも攻撃態勢を解除している。黒と白の翼で、彼女は親鳥がするかのようにエルを包みこんだ。

それに優しく触れながら、エルは告げる。

「アタシたちは前例のない、天使と悪魔のバディ……たとえ、イヴが混血でも変わらない」

ゆっくりと、イヴの瞳に意志の光がもどる。何度もまばたきをして、彼女はエルを見た。

にっとエルは笑ってみせる。そして、エルはその手を握った。ぎゅっと、イヴも握り返す。

ふたりは手を離さない。

堂々と、エルは主犯に言い放った。

「最強で、最高なの」

「認められるかっ！」

血を吐くように、主犯は叫んだ。突きつけられた理不尽を拒絶するかのように、彼女は透明な腕を出現させる。空気を揺らめかせながら、ソレは振るわれた。だが、凶悪な一撃は、イヴの四枚羽によって防がれた。ふたつの激突を飛び越えて、エルは駆けだす。

手を伸ばし、彼女は主犯を押し倒した。その額に、銃口を突きつける。

だが、主犯は高らかに笑った。

「ハハ、怖いわけないでしょう！　僕を殺したところで予備の体が」

「イヴ、壁！」

エルは周囲を指さした。ホールの壁は、床と癒着（ゆちゃく）した部分のみ材質不明の素材で造られている。恐らく、そのすべての内側にこそ、主犯の予備は内包されていた。

瞬間、打ちあわせもなく、イヴは二対の羽を動かした。

流石（さすが）だとエルは笑う。やはり、バディは応えてくれる。

ドドドドッと壁を薙（な）ぎ、イヴは壁の中にあるものを破壊していった。不吉に揺れながらも、天井はギリギリ耐える。だが、切断した癒着面からは、粘つく紅（あか）が噴きだした。主犯の予備の体は、すべて潰せたようだ。ようやく、現状が理解できたらしい。一気に、主犯の顔に今までは忘れていたらしい感情が返ってきた。

死への恐怖。喪失への怯（おび）え。生への執着が。

子供らしく、主犯は本気の叫び声をあげる。

「ごめんなさい、ごめんなさい、許してください」

「謝って許されることと、許されないことがある」

幼い少女の額に、エルは銃口を押しつけた。

そして、引き金を弾く。

カラーと音がした

弾は、でなかった。

ぺろりと、エルは舌を見せる。彼女は肩をすくめた。

「なんてね。まあ、許されないのは本当だけれど、もうアンタは脅威にならない……自害する気もなさそうだし、事件は解決の必要がある。情報を存分に引きださせてもらうから」

「う……あっ……」

「自分の罪を、ちゃんと悔いること」

天使警察として、エルは言い放つ。がくりと、主犯はうなだれた。ふうっと息を吐き、エルはうなずいた。どうやら、残酷で歪な事件はここで終わりだ。そのときだった。

「うわあああああああああん、エルさあああああん」

「あー、もー、アンタはー。嬉しいけど空気を読めー」

横から、どーんとイヴが抱きついた。どうやら、彼女の意識は完全にもどったらしい。これ以上なく、イヴはエルにしっかりと体を押しつけた。そして、泣きながら訴える。

「ずっと、ずっと怖かったですよぉおおおお」

「うん、アタシも怖かった」

「エルさんは、私なんかのために、死のうとするしいいいいいい」

「アンタ、やっぱりあんなときでもアタシの心配してくれたんだ」

「ごめんなさいいいいいいいいいいいい」

「謝んないでよ。嬉しいから」

「私もエルさんのところにもどれて嬉しいですううううう」

ぴいぴいと、イヴは泣く。紫水晶の目の、神秘的な美しさがだいなしだ。先ほどまでの泣きかたとは、全然違う。これこそイヴだなと、エルは思った。

弱虫で、泣き虫で、基本馬鹿で、エルの好きになった悪魔だ。

だが、洗脳による補助が解けたせいだろう。イヴの背中からは、血濡れた純白がどさりと落ちた。天使の羽が、抜け落ちたのだ。悪魔の羽も、通常通りに小さくなっていく。

ややまずいなとエルは思った。主犯を完全に圧倒することが難しくなった。

目ざとく、それに気がついたのだろう。転がるように、主犯は逃げだした。

「あっ、ちょっ！　待ちなさい！」

「誰が待つか！」

透明な腕をやみくもに振るって、主犯は逃げだした。見えない乱打を、エルはギリギリで避ける。イヴの腕も掴み、数撃をともに躱わした。だが、逃げる背中を追う余裕はない。

その間にも、主犯は入り口の扉を押し開き――足を止めた。

そこには、白い人が立っていた。

「……ジェーン・ドゥ、さま？」

彼女の後ろにはリリスがいる。また、教会勢力と天使警察の面々も連れていた。シャレーナ署長の姿もうかがえる。だが、エルを捕まえにきたのではなさそうだ。いったいなにが起きたのかと、エルは目を見開いた。その前で主犯はジェーン・ドゥに懇願をはじめた。

「ああ、ジェーン・ドゥさま……来てくださったのですね……どうかお慈悲を！　お助けを！　女王の栄光は、あなたさまとだけともにあります！」

主犯の目に、他の者たちは映っていないらしい。

声高らかに、主犯は叫んだ。手を組みあわせて、彼女はジェーン・ドゥに祈る。

「我々、人間をお救いください」

「誰も」

「はい？」

「救わない」

「……えっ？」

リリスはその言葉を訳さなかった。ジェーン・ドゥは布越しに、主犯をじっと見つめる。

身をかがめ、彼女は主犯の耳元にナニカをささやいた。

瞬間、幼い子供の目の中に確かな絶望が灯（とも）った。呆然（ぼうぜん）と、主犯はつぶやく。

「そんな……そんな」

「これが■■」

「それなら、僕は……僕たちは」

無意味だ。

その言葉を最後に、主犯は己に透明な手を振りおろした。

短く、エルは息を呑(の)んだ。あれだけ死を恐れていたというのに、子供の体はぐしゃぐしゃぐしゃっと縦に潰された。主犯は己を潰しきるまで、強固に術を維持し続けた。肉の間から骨がすらりと伸び、半ばひき肉と化した醜い内臓が露出する。脈動する心臓が落ちた。

あとには『人間だったもの』だけが残される。

めちゃくちゃな骸(むくろ)の前で、ジェーン・ドゥは手を組みあわせた。

そして、彼女は今さらなことをささやいた。

「救い、あれ」

主犯は死んだ。だが、彼女はジェーン・ドゥへの歪んだ信仰の証を一切残してはいなかった。それもまた、確かな愛ではあったのだろう。よって、ジェーン・ドゥの立ち位置は危うくなることはなかった。むしろ、教会勢力の説得をなしとげ、天使警察に『人間内の危険分子の情報がある』と通報した功績を讃えられ、彼女の地位は向上した。

自身の手で始末を終えたことで罰は免れたが、他種族に手をだした人間の評価自体はさがった。だが、その中でも教会勢力の一部だけは持ちあげられた格好だ。

その事実に、エルは違和感を覚えた。

また、ジェーン・ドゥは最後に主犯になにをささやいたのか。だが、それらを確かめる機会は得られなかった。ジェーン・ドゥは今や貴人の中の貴人だ。簡単には接触できない。

それに、彼女のおかげで、エルの復職が決まったのも関係していた。

＊＊＊

「ジェーン・ドゥの言葉により、おまえの脱走の罪は、犯人を止めるためのものだったと証明がなされた。よって、復職どころか……褒美を渡すよう、各所からせっつかれている」

　夜の署長室にて。

そう、シャレーナは疲れた口調で告げた。

このまま放置してはおけないほどに、それらの声は強まっているらしい。

なにか望みはあるかと言われて、エルは迷いなく答えた。それだけは無理だと、シャレーナは苦虫を嚙み潰した顔で、首を横に振った。だが、滑らかに、エルは続けた。

「お言葉ですが、シャレーナ署長。天使が悪魔に共感を覚えるのを防ぎたいとのお考え、もう、意味がありません」

「なに？」

「私はイヴのバディです。許可をいただけなくとも彼女のところに行きます。ならば、許可を与えたほうがまだマシだと思いますが……どうなさいますか？」

堂々と、エルは告げる。シャレーナは何度も首を横に振った。

だが、最終的にはふたりを組みあわせた自身のミスを認め、承諾した。

「私の負けだ。おまえの選択を認めよう」

「ありがとうございます……失礼します」

敬礼をして、エルは署長室をでる。扉を閉めると、思いっきり片腕を振りあげた。

そこで、ふわりと明るい甘茶色が動いた。尻尾を揺らして、ルナが笑っている。もう、彼女の体には傷ひとつない。思いっきり、ルナは親指を立てた。

聞いていましたよ。やりましたね！」

「でっしょう！」

「早く行ってあげてください……あっ、その前に伝言です。吸血姫から」

胸元から、ルナはメモをとりだす。

高級な羊皮紙を、彼女は広げた。そして、歌うように読みあげる。

「えーっと『このたびはおめでとう。ノアは空気を読めるもの。お祝いにしばらくは自由にさせてあげる。でも、貸しは貸しだから。必ず役立ってもらうのでそのつもりでいて』」

「上等！　倍で返す！」

「返済がたいへんになりますから、それ、ノアさんの前で直に言っちゃ駄目ですよ」

呆れたように、ルナは笑った。エルは彼女と手を打ちあわせる。早く行ってあげてくださいと、ルナは目を細めた。大きくエルはうなずく。そしててのひらを振って駆けだした。

どんどん、エルは速度をあげていく。そして、彼女は向かった。

自分のバディのもとへ。

＊＊＊

明るい、夜だった。

冴え冴えと、月は白くかがやいている。

だが、月とは魔の象徴だ。

こんな満月の夜には、悪魔が騒ぐ。

その証拠のように、今、路地裏を走る影があった。うす汚れた身なりの娘が、裸足で駆けている。その背後からは、黒い影がひたひたと迫りつつあった。

百の獣の顔をもつおぞましい生き物が、娘の後を這っている。

次の瞬間だ。

カッと、清浄な光に黒の獣は照らされた。あとには可憐な少女だけが残る。

「ひゃううっ！」

「こらー、イヴ！」

高らかな声がひびいた。

新たな誰かの登場だ。

揉めごとの気配を敏感に察したのだろう。スラム街育ちの勘を働かせ、人間の娘はあっという間に逃げて行く。その遠ざかる背中へ、イヴは弱々しく言葉を投げた。

「あっ……今日のごはん」

「お腹が空いたからって、なにやってんのよ！　やっと、牛丁をもぎとってきたのに！」

「すみません、エルさん、もう、迷惑にならないと思って……あの、許可でした」

恐る恐る、イヴは自分を照らす光のほうへと目を向けた。二体の球体の中央にはひとりの少女が立っている。その姿を見て、いつかのように、イヴは思わずぽつりとつぶやいた。

「………やっぱり、きれい」

「ありがと。で、いいお知らせ。アンタとアタシのバディが、正式に承諾された」

「本当ですか!?」

飛びあがり、イヴは羽をパタパタさせる。

エルはうなずいた。そうして、これから先の決意を続ける。

「まだ、謎は多い。ジェーン・ドゥの告げたことも、不明なまま……それに、きっと、これから先、日常が一変してしまうような大きなナニカがある」

「やっぱり、そうなんですね？」

「そう！　ならば、世界にはアタシたちが必要だ！　アタシとアンタ、五種族に縛られることのない、天使と悪魔の異色のバディが」

他には代わりがいないものとして、エルは動き続けることを考えていた。

これから先、きっと種族間の関係性は変わっていく。ならば、その枠組みには縛られない者が尽力するべきだ。たとえば、エルとイヴ。正反対の、異なる存在のふたり組が。

それがエルの見つけた天使警察としての新たな正義だった。

必ず、イヴは応えてくれる。そう知りながら、彼女は問う。

「どう、アンタは嫌？」

「嫌なわけがないです！　嬉しいです！」

イヴは声をあげる。羽をパタパタさせる。

両手を握りしめて、イヴは力強く口にした。

「私も世界のために真実を一緒に追います！　それにエルさんのことが大好きですから！」

喜びを示すように、投光機の光がふたたび強まった。

手袋をした指で、エルは帽子のツバをかたむける。そしてニッと笑うと誇り高く続けた。

「なら、バディ、再始動だ！」

かくして物語は続いていく。

すべては月のかがやく夜に。

悪魔にして犯罪者のイヴと、

天使警察、エリートのエル。

ふたりの少女はこうして出会い、
開幕のベルはひびき続けていく。

そこは、廃屋だった。

辺りには雑草が生え広がっている。壊れた台座の上に辛うじて乗りながら、雨に濡れた女王の像が、空を指さしていた。その右隣には砕けた聖母像が寄り添うように立っている。

ダレカが、つまらなそうにそのカケラを蹴った。

長い髪を漆黒のリボンでひとつに結んだ、美しい娘だ。細い体は灰色のローブで覆い隠されている。そのせいで、五種族のどれに属するのかはわからない。

ぽつりと、彼女は虚空へ問いを投げかけた。

「教会と、聖母、それにあなたの意志はあれでよかった？　あのふたりはよくて？」

「いいのです。泳がせておけば、アレらにはまだ使い道がある。此度はただ、危険因子を排除できればそれでよかった。残された駒は、有効に活用しなければ」

それに、返事があった。廃屋の奥から目元を覆い隠した娘が現れる。

ジェーン・ドゥだ。

今はリリスを伴っていない。彼女に向けて、もうひとりの娘はつぶやいた。

「危険因子、ね……正確には違う。あなたたちが実験的に真実の端を教え、それで暴走結果と心酔度合いを測った、ハツカネズミたち、でしょう？」

「鼠には鼠の幸福がありますから」

てのひらを組みあわせて、ジェーン・ドゥは口を滑らかに動かした。

普段の不可解な語りが嘘であるかのように、彼女はささやく。そうして、ジェーン・ドゥもまた、虚空へと視線を投げかけた。天使と悪魔のバディ。此度の事件の幕をひいたふたり組。哀れな彼女たちのことを思い浮かべながら、ジェーン・ドゥは続ける。

「これから世界は一変します。どの種族にも平等に機会が与えられ、どの種族にも平等に嘆きが訪れる。その天秤を、あらかじめ弄るのが、私たち。戦争がはじまる前に。そう」

隠されたものとは内臓のように醜悪で、

そうして、ひどく、残酷なものなのだ。

だから、ジェーン・ドゥは告げる。

「あのふたりはたどり着けない」

本当の、世界の真実になど。

***

ここは匣庭（はこにわ）。
女王はひとり。
やがて、民は知る。
千年の安息が続いた幸福と、幸運を。

それが、終わるときに。

あとがき

はじめましての方ははじめまして、綾里けいしと申します。

この度は大型プロジェクト『カルネアデス』の設定・世界観・文章担当を、他でもないｒｕｒｕｄｏ先生ご自身から、指名を頂戴し、担わせていただく運びとなりました。

ｒｕｒｕｄｏ先生の魅力的な少女たちを『物語』にする役目をたまわれて、本当に光栄に思います。あまりにも繊細で美しい彼女たちのことが、めちゃくちゃに大好きなので、今後とも頑張っていきたいです。

第一巻も、誠心誠意、愛をもって務めさせていただきましたが、いかがだったでしょうか？　エルとイヴ。真逆な、それでいてよく似てもいるバディの戦いを、楽しんでいただけたのなら、心より幸いに思います。

そして、今後とも、キャラクター達の運命がどうなるのかを、ｒｕｒｕｄｏ先生と編集のK様のご意見、ご希望もうかがいつつ、進めていけることを願っております。

どうか、この先も『カルネアデス』をどうかよろしくお願い申しあげます。

それでは、恒例のお礼コーナーに参ります。

まず、誰よりもｒｕｒｕｄｏ先生へ。大切なキャラクターをお預けくださり、本当にあ

ちが大好きです。彼女たちを書くことができて、現時点でも大変に光栄で、幸せでした。続けて、編集のK様。『カルネアデス』関連の作業がめちゃくちゃにある中で頑張ってくださって、本当にありがとうございます。続けて、出版に関わってくださった皆様と、大切な家族。

そして、『カルネアデス』をお読みくださった、読者の皆様。

本当の本当に、ありがとうございました。

きっと、ｒｕｒｕｄｏ先生のキャラクターが元々好きで、手に取ってくださった方が多いものと思います。その皆様にも、今作を好いていただければとても嬉(うれ)しいです。キャラクターを知らずに手に取ってくださった方にも、お楽しみいただけていればと願うばかりです。

それでは、また。

願えるのならば、この匣庭(はこにわ)で会いましょう。

AFTER STORY・そうして物語は続く

天使と悪魔が、月の明るい夜を行く。

純白と漆黒、二色の羽を並べて歩く。

なにもかもが正反対。それでいて、よく似てもいる。そんなふたりは、改めて――今後の拠点となる――天使警察本部を目指して進む。ぐぐっと背筋を伸ばして、エルは言った。

「さてと、バディは無事に再結成できたわけだけど……アタシたちの物語は当然、コレで終わりってわけじゃない。むしろ、ここから先が本番だ」

「はい！　世界の真実、隠された謎……いったい、これからどうなっていくんでしょう？」

「ソレは誰にもわからない。だからこそ、アタシたちが戦わないと」

制帽をかぶり直し、エルは決意を新たにする。その隣で、イヴは大きくうなずいた。

視線を交わして、ふたりは笑いあう。だが、互いにわかってもいた。この夜の先に待つのは、恐らく苦難の道だろう。狭くも美しい匣庭の中には、血の匂いが香っている。

世界の薄皮を一枚剥がした下には、腐敗したナニカが詰まっているのかもしれない。

それでも。

「これから先、なにが起きようがアンタはずっと隣にいてくれる……そうでしょ？」

「いいな。それ。なんだか、かっこいい」

エルの賛辞に、イヴは嬉しそうに笑う。じゃあアタシもと、エルは口を開いた。

滑らかに、高らかに、彼女は歌うように告げる。

「喜びの時も、悲しみの時も、アタシはアンタと共にいるから」

「はい！」

少女たちは誓い合う。その周りでは、祝福のように夜が薄くなりはじめていた。もうすぐ朝が近い。イヴの白い手を、エルは握る。そして、ワルツにでも誘うかのように告げた。

「まだ、本部は遠いな。走ろう、イヴ！」

「ええっ、急いだら疲れちゃいますよ！」

「このままだと、時間がかかりすぎる。それに、なんだか走りたい気分だから！」

宝石のように輝く目を、エルはイヴへと向ける。不安はたくさんあった。不吉で不穏な予兆も、見え隠れしている。だが、これから先はふたり一緒だ。止まってなどいられない。

眩しいものを見るように、イヴは目を細めた。エルに導かれるようにして、彼女は足を速める。そうして、ふたりは先を急ぐ。止まることなく、これから先に、何があろうとも。

繋いだ手は、離すことなく。

「ファンレター、作品のご感想を
お待ちしています」

あて先

〒102-0071　東京都千代田区富士見2-13-12
株式会社KADOKAWA　MF文庫J編集部気付
「綾里けいし先生」係　「rurudo先生」係

読者アンケートにご協力ください!

ンケートにご回答いただいた方から毎月抽選で
名様に「オリジナルQUOカード1000円分」をプレゼント!!
にご回答者全員に、QUOカードに使用している画像の無料壁紙をプレゼントいたします!

二次元コードまたはURLよりアクセスし、本書専用のパスワードを入力してご回答ください。

tp://kdq.jp/mfj/　パスワード　wmij2

選者の発表は商品の発送をもって代えさせていただきます。

ンケートプレゼントにご応募いただける期間は、対象商品の初版発行日より12ヶ月間です。

ンケートプレゼントは、都合により予告なく中止または内容が変更されることがあります。

イトにアクセスする際や、登録・メール送信時にかかる通信費はお客様のご負担になります。

部対応していない機種があります。

学生以下の方は、保護者の方の了承を得てから回答してください。

MF文庫J

カルネアデス
1.天使警察エルと気弱な悪魔

2023年 9月 25日　初版発行

著者　綾里けいし

イラスト・企画　rurudo

発行者　山下直久

発行　株式会社 KADOKAWA
〒102-8177 東京都千代田区富士見 2-13-3
0570-002-301（ナビダイヤル）

印刷　株式会社広済堂ネクスト

製本　株式会社広済堂ネクスト

Printed in Japan　ISBN 978-4-04-682639-8 C0193

●お問い合わせ
https://www.kadokawa.co.jp/（「お問い合わせ」へお進みください）
※内容によっては、お答えできない場合があります。
※サポートは日本国内のみとさせていただきます。
※Japanese text only

20回〉MF文庫Jライトノベル新人賞

庫Ｊライトノベル新人賞は、10代の読者
ら楽しめる、オリジナリティ溢れるフレッ
エンターテインメント作品を募集していま
ファンタジー、SF、ミステリー、恋愛、歴
ラーほかジャンルを問いません。
回締切があるから、時期を気にせず投稿
、すぐに結果がわかる！ しかもWebから
に投稿できて、さらには全員に評価シートも
しています！

通期

賞
正賞の楯と副賞 300万円】
優秀賞
賞の楯と副賞 100万円】
秀賞【正賞の楯と副賞 50万円】
【正賞の楯と副賞 10万円】

期ごと

レンジ賞
動支援費として合計6万円】
レンジ賞は、投稿者支援の賞です

チャンスは年4回！
デビューをつかめ！

イラスト：konomi（きのこのみ）

MF文庫J
ライトノベル新人賞の
ココがすごい！

4回の締切！
いつでも送れて、
結果がわかる！

応募者全員に
評価シート送付！
執筆に活かせる！

投稿がカンタンな
Web応募にて
受付！

レンジ賞の
定者は、
集がついて
指導！
は編集部へ
招待！

新人賞投稿者を
応援する
『チャレンジ賞』
がある！

選考スケジュール

■第一期予備審査
【締切】2023年 6月30日
【発表】2023年10月25日ごろ

■第二期予備審査
【締切】2023年 9月30日
【発表】2024年 1月25日ごろ

■第三期予備審査
【締切】2023年12月31日
【発表】2024年 4月25日ごろ

■第四期予備審査
【締切】2024年 3月31日
【発表】2024年 7月25日ごろ

■最終審査結果
【発表】2024年 8月25日ごろ

詳しくは、
MF文庫Jライトノベル新人賞
公式ページをご覧ください！
https://mfbunkoj.jp/rookie/award/